LAURENT THOMAS

La meilleure
façon de voler

TOME I

Editions

Sommaire

PRÉFACE

Les textes que vous allez découvrir dans ce livre sont issus de faits réels, dans lesquels j'ai été impliqué au cours des trente dernières années. Tous les événements décrits au fil de ces pages se sont réellement produits... Même s'il est bien possible que ma mémoire défaillante et quelques élans mythomanes aient un peu déformé certains détails. J'ai choisi de ne raconter que des faits sortant de l'ordinaire. Donc, pour vous faire une idée équitable de la vie d'un passionné d'aviation, il vous faudra imaginer que la plupart du temps, les choses se passent très bien, voire même qu'elles peuvent être parfois d'une banalité déconcertante. Je suis bien conscient que certains de ces récits vont faire bondir les professionnels de l'aéronautique. C'est un des buts de ce livre : rien n'est pire que l'indifférence. Bienvenue dans l'univers imparfait des fautes, des erreurs, des indisciplines, et de l'imperfection liée à l'essence même de l'être humain.

Laurent Thomas

Naissance d'une passion
(1982-1987)

RENCONTRES
(attention, chapitre racoleur !)

« Pilote ? Non, sérieusement, laissez tomber ! La sélection est telle que pas un sur deux cents n'arrive au bout. » « Toi, pilote ? Tu rigoles ! » J'en passe et des meilleures. Et le gros problème, c'est que j'en ai tenu compte, de ces conseils. C'est d'ailleurs comme ça que je suis entré dans l'armée de l'Air en visant un emploi de chaudronnier. Non pas que ce métier soit moins bien que celui de pilote, loin de moi cette idée saugrenue. C'est même un métier fantastique. Mais quand on a envie de voler… Donc, même au bureau Air information, la réponse donnée à la question « comment devient-on pilote ? » fut plutôt décourageante. Malgré les conseils et cette réputation qui pèse sur le métier, comment peut-on malgré tout accéder à l'impossible, effleurer le rêve ? Je ne peux pas assurer qu'il s'agisse là d'une généralité, mais en ce qui me concerne, je dois beaucoup à quelques personnages croisés au cours de ma vie, ainsi qu'à des alignements de planètes parfois annoncés, mais quelquefois, aussi, très improbables.

Commençons par le début. A l'aube de mon adolescence, j'assiste au naufrage du couple de l'oncle le plus proche de la famille – il habite en effet la maison voisine. Ce n'est pas n'importe quel oncle : passionné de technique, un caractère trempé, il a construit un Jodel D-119 au début des années soixante – dommage, il l'a vendu à quelqu'un qui l'a détruit. A nouveau célibataire, il se relance dans l'aéromodélisme qu'il avait déjà pratiqué. C'est tout naturellement que je l'accompagne, construisant des modèles de vol libre d'abord, de vol circulaire ensuite. Le plaisir de construire, puis de voir voler son chef d'œuvre, est encore gravé dans ma mémoire. Même si bien souvent, les vols se finissaient un peu tristement par ce qu'on appelait alors « faire du petit bois » !

Mon oncle confirmera son influence un peu plus tard, en me faisant découvrir le salon du Bourget et le Musée de l'air. Nous sommes en 1977. Le drame est consommé ! A partir de cette époque, j'aurais bien du mal à ne plus lever les yeux au simple son d'un moteur d'avion. C'est donc ainsi qu'à la fin de mes études – un bac technique… je ne me suis pas trop foulé –, je me dirigeais vers la base aérienne de Nîmes Courbesac pour y commencer ma formation de sous-officier, et y faire une rencontre certes plus brève, mais tout aussi décisive !

Je retrouve dans ma promotion un Lorrain, comme moi. Il doit devenir électricien avion. Nous n'allons donc nous côtoyer que quelques mois pendant notre formation militaire. Mais c'est bien assez, car l'obsession qui le poursuit est tenace : il veut tenter les tests pour devenir pilote. J'ai beau lui répéter ce que l'on m'a dit, il n'en démord pas. En fait, il n'a pas tort : il ne nous en coûtera rien d'essayer. Nous voilà donc tous les deux à Brétigny, prêts à tenter de négocier cet obstacle infranchissable. Il faut résister à plusieurs jours de tests psychotechniques, une visite médicale draconienne, et enfin des épreuves sportives pour lesquelles je ne me suis pas préparé. Mon ami fait partie du wagon qui est remercié dès le premier soir… Je resterai en lisse jusqu'au bout, enfin presque. Je suis en effet assez loin du niveau requis en sport. Mais rien de tout cela n'est éliminatoire. Il me faut juste apprendre à nager correctement, et me muscler assez pour grimper une corde sans les jambes.

En attendant, de retour à Nîmes, je décide de poursuivre ma formation de chaudronnier (un an au total), histoire d'avoir déjà une petite base avant de tenter autre chose. Mais voilà, pendant ma formation à Rochefort, je découvre le vol à voile. J'y consacre tout mon temps libre, et quelque temps après mon arrivée à Toul, je passe mon brevet de pilote privé. La vie est belle, l'ambiance en atelier est agréable, et les vols en aéroclub me font un peu oublier mes plans initiaux. C'est ici qu'intervient Serge. A cette époque, il est pilote de transport dans l'armée de l'Air, sur Noratlas à Toulouse. Il n'est pas le seul pilote que je côtoie. A Malzéville, les pilotes des bases de Toul-Rosières ou de Nancy-Ochey ne sont pas rares. Mais lui me tient un discours tel que je ressens le besoin de me tourner à nouveau vers cette carrière tant décriée. Et surtout, il me fait comprendre que ce métier est loin d'être hors de portée. Et après trois années à me tourner les pouces, je retourne à Brétigny pour un nouvel essai, plus fructueux cette fois-ci.

En repensant à tout ça, j'ai envie d'en tirer deux morales : la première, c'est que j'ai bien du mal à présent à ne pas croire en une sorte de destin. Que serait devenue ma vie sans ces rencontres ? Pourquoi ces coïncidences ? La deuxième, c'est qu'il ne faut jamais perdre son objectif de vue. Tout vient à point à qui sait persévérer.

Bien sûr, toutes les carrières aéronautiques ne commencent pas d'une manière aussi tortueuse. Il existe des voies royales : l'Enac et l'Ecole de l'Air en sont de bons exemples. Mais ces voies ne sont malheureusement pas ouvertes à tous. Avec mon niveau en mathématiques, j'aurais eu bien du mal à satisfaire aux conditions pour entrer à Salon-de-Provence. Alors, il reste des possibilités, parfois beaucoup plus détournées. Et lorsqu'on me demande quelle est la qualité principale nécessaire pour devenir pilote – imaginant déjà que je vais répondre : les maths, bien sûr ! –, j'insiste sur la persévérance. J'ai vu des gars vomir pendant toutes les séances de sélection sur CAP 10 et devenir pilotes de chasse sur Mirage 2000. J'ai vu un camarade de promotion, brillant détenteur d'un bac littéraire, en baver pendant les cours techniques (mécanique du vol et autres), avant de devenir major de promotion. Alors, si tu ne dois retenir qu'une chose de ce message : si tu aimes voler et que tu veux en faire ton métier, n'écoute pas le chant des sirènes prudentes qui te recommandent de choisir une voie plus « conventionnelle ». Crois-y, accroche-toi et fonce ! Tu peux y arriver.

UN TROU DANS LA TERRE

J'entendais parler de cet avion depuis ma plus tendre enfance. Mon père me racontait comment un de ses camarades de jeu, resté au pays malgré l'occupation allemande, avait retiré son serre-tête au pilote mort, encore sanglé sur le siège de son Messerschmitt Bf 109. C'était une histoire comme une autre, comme celle du Sabre canadien qui avait décollé de la base de Grostenquin, puis était tombé dans l'étang du village, ou celle du B-17 posé en catastrophe à Kappelkinger et devant lequel mon père et ses frères posèrent fièrement pour une photo de famille.

Tout au long de mon enfance, cet avion fantôme continua à m'obséder. La forêt voisine, bien que vaste, avait peu de secrets pour moi. Nos parents nous laissaient la traverser de long en large et il n'était pas rare d'y faire des découvertes comme ce « trou sans fond » qui, selon certains, était un vestige des nombreux souterrains qui existaient dans la région au Moyen âge. Ou encore ces trous de bombes immenses qui nous servaient de sites de jeu propres à allumer en nous la flamme de l'aventure. Ma passion déjà bien installée pour l'aéronautique et mes virées dans les sous-bois environnant m'amenèrent logiquement à me lancer dans une mission de grande ampleur : retrouver l'épave de cet avion. En fait d'épave, je ne me faisais pas trop d'illusions. D'abord, s'il s'était agi d'un reste monumental, il aurait déjà été découvert. Ensuite, mon père m'avait prévenu : il se rappelait avoir vu les ferrailleurs revenir de la forêt transportant sur leur camion un fuselage et deux ailes… Que pouvait-il donc rester ? Mais il en fallait plus pour me décourager. En suivant les consignes paternelles, je me mis donc en route vers la forêt, armé d'une pelle américaine et d'une ferme résolution !

C'est grand, une forêt ! Et l'été, malgré la lumière propre à cette saison, il fait très sombre sous la végétation au faîte de sa croissance. Je commençais donc à quadriller la zone indiquée en mesurant l'ampleur de la tâche. Dans ce genre de situation, on comprend mieux le sens de l'expression « autant chercher une aiguille dans une meule de foin ».

Je marchais dans les ronces depuis plus d'une heure quand soudain, surprise ! Je tombe sur une légère excavation dans laquelle reposent des bouts de ferraille. J'arme la pelle et commence à dégager la verdure envahissante. Les morceaux métalliques sont difficilement identifiables, mais ils n'ont pas l'air tellement aéronautique. Je creuse quand même, mais sans grande conviction. Quelques minutes plus tard, je dois me rendre à l'évidence : je suis tombé sur un dépotoir, certes ancien, mais néanmoins sans intérêt aucun. Il est plus que temps de rentrer. Demain, le jour se lèvera sur de nouveaux espoirs !

La journée d'espoir du lendemain est plutôt grise, voire pluvieuse. Voilà qui ne va pas simplifier les recherches. Il fait encore plus sombre que d'habitude. Une vague lumière sépulcrale tente de percer le feuillage. Je continue comme hier à explorer chaque recoin, le moindre monticule de terre, la plus petite cavité. Autant dire que la tâche n'est pas aisée, dans cette région qui a subi les outrages de trois guerres en moins d'un siècle. Je commence à perdre espoir, quand une zone un peu tourmentée attire mon attention, droit devant moi. Encore une fausse joie ? La pelle dégage rapidement un objet étrange : une forme indéfinissable couverte d'une matière blanchâtre et poudreuse... La terre est pourtant loin d'être calcaire par ici ! J'insiste encore et cette fois, je trouve une pièce métallique qui doit être à base de fer, vu sa couleur rougeâtre. Je la gratte prudemment et vois apparaître une pièce chaudronnée, assemblée par soudage et fixée sur une embase percée de trois trous. Mon cœur bat à tout rompre : on dirait une pipe d'échappement !

A cet instant, je comprends ce qu'ont dû ressentir les grands découvreurs, et je me rêve en archéologue. Pour moi, ce bout de ferraille est un trésor ! Je continue à creuser au même endroit et les découvertes s'enchaînent à un rythme accéléré : les restes d'une autre pipe en très mauvais état, plusieurs pièces qui semblent être en alliage d'aluminium dans des états plus ou moins avancés de corrosion. Les ferrailleurs ont dû emporter les plus gros morceaux, et laisser le reste dans le cratère créé par la chute de l'avion. Ca suffit pour aujourd'hui. Je veux à présent faire parler ces vestiges. Direction l'atelier de mon père !

Une fois débarrassée de la terre et du plus gros de la rouille, la pipe d'échappement s'avère magnifique. Elle a probablement été façonnée dans un acier réfractaire qui a plutôt bien résisté aux assauts du temps, surtout si on considère qu'elle est enterrée depuis environ quarante ans. En la brossant délicatement, j'arrive même à la faire briller – je ne l'ai jamais plus nettoyée depuis et elle brille toujours, près de trente ans après sa renaissance !

Je m'empresse bien sûr de montrer mon butin à mon père, et il confirme mon diagnostique. Le lendemain et les jours suivants, je passe de plus en plus de temps dans ce petit coin de forêt. Et mes efforts sont largement récompensés : en plus de nombreuses pièces de toutes tailles et de différents matériaux, je découvre un bout de structure, bien plus gros que tout ce que j'ai trouvé jusque-là ! Je creuse tout autour pour ne pas l'abîmer. Après de longues minutes, je reconnais ce qui doit être une partie de saumon, peut-être d'empennage. Assez de terrassement pour aujourd'hui, ce nouveau butin mérite un traitement de faveur. Après un nettoyage rendu compliqué par de nombreux interstices, je peux enfin tenter une identification. Je feuillette mes livres d'histoire et autres monographies traitant du Messerschmitt Bf 109. Et là, nouvelle surprise : il s'agit en effet du sommet de la dérive !

Cette nouvelle découverte n'a l'air de rien, mais elle va en réalité permettre d'identifier le type d'avion, ou en tout cas de réduire les incertitudes concernant l'appareil. En effet, à partir du modèle G6, la dérive perd sa forme caractéristique « chanfreinée » pour adopter une nouvelle forme. « Mon » 109 est donc d'un modèle tardif, G ou K. Ca ne m'avance pas beaucoup, mais j'ai quand même l'impression d'en avoir appris un peu plus sur lui. Tout ça m'encourage à poursuivre mes efforts. Je retourne donc fouiller la zone. Des découvertes moins sympathiques m'attendent. Je déterre de nombreuses munitions de différents calibres, principalement du 13 et du 20 mm. La première découverte d'une cartouche me fait reculer d'un bond. J'ai encore en mémoire les nombreuses histoires racontées par mes parents se passant juste après la guerre et décrivant des enfants jouant avec des grenades pour finir entre quatre planches. Je me mets à douter…

La tentation est malgré tout plus forte que la crainte. Je me rassure en me disant que la mise à feu de ce genre de munition est électrique. Piètre jugement. Les paillettes de poudre n'attendent certainement qu'une petite étincelle pour déclencher un feu d'artifice ! Je continue à creuser. De longues minutes s'écoulent. Je vois soudain dépasser de terre un morceau d'une étoffe grossière. Je creuse avec mes mains pour ne pas l'endommager plus. Elle est prise dans des radicelles. C'est incroyable, les fils qui assuraient l'assemblage ont disparu, mais le tissu est quasiment intact ! Je sors enfin de terre mon chiffon, qui s'avère être le calot du pilote ! Si les cartouches m'avaient donné des frissons, ce n'est rien à côté de l'effet produit par ce bout de tissu. La dernière fois qu'il a été au contact d'un être humain, c'est lorsque le pilote de cet avion l'a rangé dans son vide-poche, avant d'enfiler son serre-tête et de partir pour son dernier vol. Cette aventure, qui avait commencé sous des auspices très techniques, prend soudain une tournure beaucoup plus humaine.

Je n'avais pas entendu dire beaucoup de bien du peuple allemand dans ma jeunesse. Lors de la Première Guerre mondiale, mon grand-père maternel avait été enrôlé de force dans l'armée du Kaiser Guillaume, alors qu'il ne parlait pas un mot d'Allemand – le grand-père, pas le Kaiser. Il avait été envoyé sur le front russe et en était heureusement revenu, mais avec des souvenirs émus. Ses deux frères avaient eu moins de chance, ils y étaient restés… Mon père lui-même avait connu la débâcle de 40 à l'âge de sept ans, et se rappelait encore des Stukas bombardant le village et mitraillant les routes. Et pourtant, je n'éprouvais pas de haine en étreignant ce calot. J'imaginais plutôt son propriétaire comme une victime de plus des décideurs en tout genre envoyant à la mort des milliers de jeunes gens qui, bien souvent, n'en avaient pas tant demandé. Il est vrai que ces mêmes décideurs risquaient rarement de finir éparpillés au fond d'un bois, ce qui leur permettait d'ouvrir nettement le champ des possibilités de décision. Le plus drôle, c'est qu'à peine quinze ans plus tard, je travaillerai main dans la main avec des officiers de la Luftwaffe. J'espère ne pas avoir dérangé mes aïeux dans leur sommeil éternel…

Je suis toujours en possession des vestiges du Messerschmitt Bf 109. Ils ont pour moi quelque chose de sacré. J'ai bien fait de vagues tentatives de recherches pour retrouver l'identité de mon pilote fantôme, afin de rendre ces objets à une éventuelle famille. Un jour, j'y consacrerai le temps nécessaire. Après tout, comment ai-je pu trouver ces quelques bouts de ferraille au milieu de plusieurs centaines d'hectares de forêt, si ce n'est pour que ces reliques atteignent un but bien défini ? J'ai toujours eu beaucoup de mal à croire au hasard. L'année dernière, je suis retourné en famille sur le lieu de ma découverte. La forêt semblait avoir changé. Le chemin principal avait été goudronné, mais les sous-bois étaient couverts de ronces. Après plus d'une heure de vaines recherches, j'ai dû me résoudre à abandonner, sans pouvoir montrer à mes enfants d'où venaient les nobles vestiges. Je ne crois plus du tout au hasard.

LE CHOUMAC A MERDÉ !

Agenouillé sur l'aile du Jaguar, je contemple l'enchevêtrement de câbles, fils biellettes, supports et autres bidules qui se battent pour tenir leur place dans la crête du félin. Mon parrain dans le métier, « Bagnère » – connu aussi comme « La Gaubasse » –, m'a déclamé de son accent chantant : « Tu le vois, le support ? Il est criqué. Tu me tombes les quatre rivets de chaque côté, et tu me changes le support ! » Bagnère, c'est le parrain qui doit me faire vieillir du mieux possible dans le métier auquel j'ai été formé pendant un an à Rochefort, avant d'être muté sur la base de Toul en tant que chaudronnier soudeur peintre matériel aérien. Le terme est pompeux et plus souvent remplacé par l'expression argotique « choumac », elle-même issue du mot allemand *schumacher*, qui signifie cordonnier. Certains outils utilisés par cette profession ressemblent en effet à ceux du chaudronnier, de même que le tablier de cuir porté par les anciens.

Les technologies modernes, et en particulier les matériaux composites, ont beaucoup fait évoluer le métier, mais la base reste la même. Il faut toujours travailler la matière, la mettre en forme, la soumettre à notre volonté. L'esprit du choumac n'a pas changé non plus. Nous sommes considérés comme une spécialité à part, avec une capacité à faire des choses qui ne sont pas forcément décrites dans les manuels. On nous confie souvent de petits boulots qui n'ont pas grand-chose à voir avec l'aéronautique : réparer la poussette de la fille du commandant, modifier les armoires des vestiaires et autres bricolages... On appelle ça de la « perruque » ! Il existe aussi au sein de l'atelier une chaude ambiance de franche camaraderie. On plaisante beaucoup, on s'engueule parfois, mais on se sert toujours les coudes face à l'adversité.

Revenons à mon souci du moment : changer ce support qui présente de dangereux signes de faiblesses. Il est fixé par des rivets aveugles – des genres de rivets « pop », qu'on pose avec une pince, version aéronautique – dont il va falloir percer la tête pour les enlever et ainsi libérer le support. L'opération en elle-même n'est pas particulièrement compliquée, même s'il faut un minimum de précision pour percer bien au centre des têtes de rivet afin de ne pas évaser leur logement. J'en suis donc là de mes considérations, mon sujet d'étude sous les yeux, ma perceuse pneumatique en main et un vide de plus de deux mètres juste dans mon dos – sans équipement de sécurité à cette époque, bien sûr. Je commence donc à percer les rivets un à un : ils cèdent sans combattre. Ceux qui sont situés dans la partie basse me donnent plus de fil à retordre. Des sortes de biellettes gênent en effet le passage et m'empêchent de percer bien dans l'axe. Le forêt en profite pour aller se balader à côté de son but.

Il ne sera pas dit qu'un boulot si simple m'aura mis en échec, même avec ma faible expérience ! J'insiste donc lourdement, prends appui sur les fameuses biellettes et finis par vaincre l'ennemi : le support est là, démonté, cédant ainsi la place au nouveau qu'il va falloir installer. Mais il commence à se faire tard, et avant de monter la nouvelle pièce, il me faut faire un nettoyage complet, puis préparer une sorte de mastic caoutchouteux qui doit servir d'interface entre ma pièce et son support, afin d'éviter la corrosion de frottement. Je décide donc de tout laisser en place. Demain, il fera jour, et l'avion n'est pas prêt de sortir de son hangar de toute façon. La fin de visite périodique (VP) est programmée dans plusieurs semaines. Je retourne donc à l'atelier pour prendre les dernières nouvelles avant de rejoindre ma chambre de bonne sur la base.

Je n'ai pas posé mes outils depuis plus de dix minutes que le chef de VP arrive dans l'atelier. Ce n'est ni un mauvais gars, ni une haute autorité, mais vu de mon grade de caporal chef, c'est quand même quelqu'un que je respecte obséquieusement. Il est suivi de mon chef d'atelier, Néné, un franc plaisantin. Mais lui non plus n'a pas l'air aujourd'hui d'être d'une humeur hilarante. Le chef de VP n'y va pas par quatre chemins : « Viens avec moi ! »

Comment refuser une telle invitation ? Je suis donc le joyeux couple dans le hangar, cette cathédrale des temps modernes qui peut accueillir huit postes de VP en plus de tous les ateliers. Sans grande surprise, nous nous dirigeons vers l'avion sur lequel je travaillais il y a seulement quelques minutes. Tout en les suivant à une distance respectueuse, je m'interroge… Quelle connerie ai-je bien pu faire ?

J'escalade les escabeaux à leur suite et nous nous retrouvons face à mon petit travail de tout à l'heure. Le chef de VP désigne de la main cet espace envahi de copeaux et de têtes de rivets en goguette. « Je sais, je n'ai pas encore nettoyé, mais j'allais le faire demain. C'est quand même pas si grave ! », dis-je en tentant de m'insurger. La réponse n'appelle malheureusement aucun commentaire. « Mais non, imbécile ! Regarde dans quel état tu as mis les biellettes ! » Alors là, je ne comprends plus rien. Qu'ont-elles, ces biellettes ? Elles sont immaculées, à part une petite rayure que

23

j'ai dû faire en approchant un peu trop le mandrin de ma perceuse – ça n'en a pas l'air, mais ça coupe, un mandrin lancé à pleine vitesse. Je leur fais part de ma déconvenue et de mon incompréhension. C'est l'occasion pour eux de s'engager dans une diatribe technique qui m'éclaire en quelques secondes. « Figure-toi que ces simples biellettes font partie de la chaîne de profondeur qui part du poste de pilotage pour aboutir à l'empennage, en passant justement par la crête où tu travaillais. Il n'y a aucune tolérance sur ce genre d'équipement. Ce qui veut dire que nous allons devoir remplacer celle que tu as endommagée. Tu veux en connaître le prix ? »

Inutile de dire que je deviens pâle comme un linge. Je n'ose pas imaginer les conséquences financières, mais aussi la perte de temps que cette erreur, dont je n'ai même pas eu conscience, peut entraîner. « Bon allez, tu peux rentrer à ta piaule, on verra ça demain ! » On verra ça demain… facile à dire ! Je rumine toute la soirée et une bonne partie de la nuit. Quelles vont être les conséquences ? Avec la naïveté de mon jeune âge – je n'ai que dix-neuf ans –, je commence à me demander s'il va me falloir dédommager la République. Il est vrai qu'avec mon salaire d'à peine quatre mille francs, ça va me prendre un certain temps ! Je pense également à ma carrière brisée dans l'œuf. A peine caporal chef et déjà une bourde majeure, c'est quand même ballot !

Le lendemain, bien sûr, pas un mot de leur part. On me laisse mijoter pour bien enfoncer le clou, c'est une recette de mécano. Je retourne à mon travail. La biellette a été démontée, ce qui rend la pose du nouveau support beaucoup plus aisée. C'est vrai que, comme me l'a dit le chef, j'aurais dû demander ce démontage avant. Et oui, mais du haut de ma faible expérience, je n'y avais pas pensé. Et de toute façon, je n'aurais certainement pas osé. Mon travail terminé, je laisse l'endroit propre comme un sou neuf… Je ne sais pas comment me rattraper ! De retour à l'atelier, je me mets sur un autre travail, mais le cœur n'y est pas. Je passe une journée morose en attendant le verdict. En milieu d'après-midi, peu avant la pause, Néné me convoque dans le « bocal », le bureau du chef aux murs vitrés. « Bon, Toto – et oui, c'était mon surnom à cette époque –, les mécanos ont fait passer ta connerie sur une usure prématurée. Il n'y aura aucune conséquence pour toi, tu sais ce qui te reste à faire ! »

Pouvez-vous imaginer le soulagement qui m'envahit à cet instant ? J'en aurais presque les larmes aux yeux ! Il faut dire qu'étant un peu perfectionniste, j'avais très mal pris le fait de gâcher ainsi le travail des autres. Sur ces bonnes paroles, Néné se lève et se dirige vers la salle de repos – qu'on appelait le bar, en ces temps anciens. Je lui emboîte le pas en méditant ses paroles. Ce qu'il me reste à faire ? C'est clair comme de l'eau de roche ! J'arrive dans le bar où les différentes équipes se regroupent par affinités autour de grandes tables. Je me dirige vers la table de l'équipe de VP à laquelle je suis affecté, un peu penaud malgré tout. Toute l'équipe arbore un sourire entendu, je vois que le coup est bien préparé ! Je sers la main du chef… « Merci ! C'est ma tournée, qu'est-ce que vous buvez ? » S'ensuivent des éclats de rire et des tapes dans le dos, accompagnés de récits d'histoires qui signifient toutes la même chose : tu n'es pas le premier, et on ne fait pas d'omelette sans casser des œufs. Cette bonne humeur me remet le pied à l'étrier. Mais elle ne doit cependant pas masquer l'essentiel : j'ai choisi un métier très exigeant dans lequel il ne faut rien laisser au hasard. La moindre bévue du plus humble intervenant peut avoir des conséquences graves, voire catastrophiques. En voyant la peine que j'affichais devant le gâchis que j'avais provoqué, peut-être mes aînés ont-ils compris que j'avais les qualités requises pour évoluer dans ce milieu. C'était il y a vingt-sept ans. Je me rappelle aujourd'hui de chaque détail de cet incident. Puisse-t-il en être ainsi jusqu'à mon dernier jour.

RETOUR BAS

Cette journée du 20 mai 1984 avait commencé comme toutes les journées de vol à voile. Nous, les habitués, étions arrivés tôt, c'est-à-dire vers huit ou neuf heures. Nous avions ouvert les portes des hangars, commencé à sortir les planeurs, assuré les petites opérations de maintenance qui n'avaient pas été réglées la veille. Ensuite, avec la vieille Coccinelle cabriolet, nous avions un à un tracté les planeurs vers la piste en service. Il y a le choix à Malzéville : trois bandes réparties sur ce plateau immense, légèrement bombé en son centre.

Ce jour-là, la mise en piste se fait en 26. On y conduit aussi le véhicule qui sert au *starter* : un vieux Peugeot J7 orange et blanc. Ce véhicule est stratégique. C'est à côté de lui que le *starter* va prendre place. Le *starter*, c'est le volontaire désigné d'office qui va assurer la veille radio au moyen du poste VHF portable – gros comme une glacière à cette époque –, et tenir la planche sur laquelle chaque vol est inscrit, ligne par ligne, avec les heures de décollage, d'atterrissage, le temps de vol, le type de machine, etc.

Quand tous les planeurs sont en piste, et si la journée s'annonce bien, le remorqueur met en l'air les monoplaces plastiques qui doivent partir en circuit. Mais à cette époque, à Malzéville, il n'y a jamais grand monde sur la campagne. Et de toute façon, aujourd'hui, ce n'est pas vraiment ce qu'on peut appeler un jour « fumant ».

Donc, quand tout est prêt, s'il y a des clients pour la double, le Bijave ou/et le K13 commencent leur ronde. Selon la teneur de l'activité, on arrête tout pour aller déjeuner, ou on y va à tour de rôle. Les jeunes instructeurs restent parfois toute la journée en place arrière d'un planeur et survivent grâce à un sandwich...

J'attends mon tour pour aller faire une petite balade en Javelot. Le Javelot : en 1958, quand il a fait son premier vol, c'était une bête de course. Aujourd'hui, avec ses vingt-sept petits points de finesse, il est relégué au local pour débutants. Mais je l'aime ainsi. De toute façon, il faut « vieillir » sur ce genre d'engin avant de passer sur des machines plus prometteuses.

En attendant, les discussions vont bon train autour du *starter*. Le sujet du jour, c'est le retour bas. Chacun y va de son argument. Si on faisait le bilan de toutes les âneries qui sont accumulées ce jour-là, il y aurait de quoi publier un recueil qui pourrait avoir pour titre *Oui-Oui fait du vol à voile* ! De mon côté, je ne me défends pas mal. Il faut dire qu'avec mes 59 heures 36 minutes de vol, mon brevet passé dans l'armée de l'Air et le stage effectué à Sarreguemines, fief des fameux Schroeder, je suis un peu l'expert des bacs à sable.

Je profite d'une lecture récente pour avancer le fait que, en cas de retour bas, une des erreurs qui punit le plus consiste à craindre la proximité du sol, à ne pas incliner assez en dernier virage, et de ce fait à risquer un départ en vrille. Les avis sont bien sûr partagés. Précision : je n'ai jamais vu un retour bas de près ou de loin, et pas un instructeur ne m'en a expliqué les dangers lors de ma formation. Arrive enfin le moment tant attendu. Le Javelot se pose, et c'est mon tour. L'engin n'est pas trop lourd : trois personnes suffisent amplement pour le positionner au seuil de piste. Pendant que je me brelle, un câble vient s'accrocher au nez du planeur, et le remorqueur manœuvre pour se mettre en place devant moi. Un CRIS* *(voir lexique)* vite fait, et c'est parti ! Pouce levé, l'aide en bout de plume me place à l'horizontale, et le remorqueur met les gaz.

Le Javelot décolle de lui-même dès les premières secondes. Nous passons rapidement la pente ouest du plateau. On peut y sentir quelques volontés d'ascendances. Le remorqueur enchaîne quelques S entre la vallée et les bords du plateau. Nous avons atteint 600 m. Je sens la légère turbulence caractéristique à l'entrée dans une pompe, le remorqueur bat des ailes : je me largue !

Je me démène comme un diable pour centrer cette pompe. Cela ne s'annonce pas grandiose ! Un mètre, un mètre cinquante… C'est toujours ça ! Je monte vers 900 m, tout en essayant de trouver une solution pour éviter le retour au sol en moins de dix minutes. Un peu plus loin à l'Ouest, le soleil éclaire les somptueuses barres d'immeubles du Haut du Lièvre, en banlieue nancéenne. Je me dis que ça doit chauffer dur, et donc, que ça pourrait pomper !

Effectivement, je vois se former une barbule évanescente juste au-dessus des bâtiments. Un coup d'œil à l'alti, je suis maintenant à 900 m. C'est décidé, qui a peur est un peureux ! Cap à l'Ouest, comme les pionniers ! A peine ai-je quitté ma pompe que je commence à douter. Si la pompe était faiblarde, la dégueulante, elle, ne l'est pas ! Ça tombe comme à Gravelotte ! Enfin, il me reste un espoir : la barbule est toujours là, et justement, j'arrive maintenant juste en dessous d'elle.

Comment décrire une telle désillusion ? La fameuse barbule n'est pas un cumulus en formation, mais plutôt un nuage en fin de vie, ou plus simplement un « rien du tout » !

Non seulement ça ne monte pas, mais ça continue à s'effondrer allègrement...

Au détour d'une spirale, je jette un coup d'œil au plateau. Bon sang, ça va merder ! Je ne suis maintenant plus qu'à 400 m et le terrain me semble soudain bien bas sur l'horizon. En respectant le local finesse 10 préconisé, je devrais être à 700 m ! Je me rassure : mon vaillant destrier est capable de bien plus... Enfin, était capable... il y a longtemps maintenant.

Je mets le cap sur le terrain, ventre à terre. Au moins, le petit vent d'Ouest devrait m'aider. M'aider à quoi, je me le demande : plus j'avance, plus ça dégringole ! Ce que j'ai à présent devant les yeux est pour moi une découverte : je n'ai jamais approché une piste sur un plan aussi plat. En plus, il me faudra faire un circuit pour me poser face à l'Ouest. Je ressens au fond de l'estomac une sensation que j'ai du mal à définir, mais qui est très désagréable.

Je passe le bord du plateau avec cent mètres de marge à peine. Et je continue royalement sur ma vent arrière. En base, je ne regarde plus mon altimètre. Les brins d'herbes ne m'ont jamais paru aussi grands ! J'enquille un dernier virage bien coordonné, avec l'inclinaison prévue à cet effet. Pas le temps de dire ouf, un arrondi et je suis par terre après quinze minutes de vol ! Je n'ai pas encore ouvert la verrière que le K13 se pose à mes côtés. Merde, le chef pilote... Je vais en avoir pour mon argent !

Bernard n'a pas l'habitude d'être très loquace, mais là, il vise un record : « Tu te brelles en place avant du Bijave ! » Je m'exécute sans broncher. Il s'installe derrière, personne ne dit rien, le remorqueur est là, c'est reparti. A peine franchi le bord du plateau, il largue le câble. Me voilà à nouveau dans la même situation ! Ca ne va pas recommencer ! Non, ça ne va pas recommencer. En bon instructeur, Bernard m'explique comment ne pas me tuer en retour bas : pas de circuit au ras des pâquerettes. Un simple atterrissage à contre QFU et le tour est joué. Mais comment n'y ai-je pas pensé ? J'ai droit aussi à une dissertation sur tous les cas possibles et imaginables.

Le contre QFU nous ramène en position de décollage. Le remorqueur se pose – après nous ! – et se remet en position. Nous revoilà en l'air. Bernard n'attend guère plus pour tirer sur la poignée de largage. « A toi ! » Fort de ses conseils, je me lâche ! Je choisis carrément de me poser sur une autre piste. C'était le bon choix. Nous revoilà par terre, ces deux vols auront duré neuf minutes au total...

Bon, j'en ai assez pour aujourd'hui. Me voilà de retour au *starter*, un peu penaud. « Tu sais, j'ai bien regardé ton dernier virage. Tu as incliné exactement comme tu l'avais dit. Ton aile est passée à moins de deux mètres du sol... », me dit timidement un copain. J'aurais maintenant quelques éléments solides pour aborder le sujet lors de la prochaine séance de sécurité des vols !

La meilleure façon de voler

MON GÉNÉRAL !

Le vol sur la campagne en planeur n'est pas une mince affaire. Il est vrai que cette pratique comporte un certain nombre de risques. Un atterrissage dans un champ n'est jamais complètement anodin. Il court tant d'histoires évoquant des circuits commencés dans l'euphorie et finissant en catastrophe. L'atterrissage dans un champ cultivé digne d'un billard, mais dans lequel est planté un piquet métallique qui dépasse à peine, et découpe le fuselage du nez à la queue. La simple pierre, cachée dans l'herbe, qui enfonce l'avant du fuselage. La clôture en fil de fer qui décapite le pilote imprudent. La herse ou la charrue oubliée au coin d'un champ, sur laquelle le planeur vient se disloquer. Sans parler des approches ratées qui finissent dans les arbres, des décrochages en dernier virage dont il ne reste qu'un petit tas de plastique au coin d'un champ... Voilà de quoi faire appliquer pour toujours le sacro saint principe de précaution !

Et pourtant ! Comment expliquer ce que l'on ressent aux commandes d'une bête de course capable de fendre l'air de ses quarante points de finesse, voire même bien plus ? Quels mots utiliser pour décrire cet esprit de compétition qui nous prend, même quand on part seul, conscient que toute faiblesse est rapidement sanctionnée par la nature elle-même ?

A bord, on se bat. On se bat parfois pendant huit heures. On parcourt des kilomètres, on épie le moindre nuage, on a les yeux partout pendant les spirales : sur la carte, sur les nuages, sur les repères de navigation, sur les autres planeurs, sur les champs vachables au cas ou ça tournerait mal. Et quel plaisir quand on atteint le but fixé. Trois cents kilomètres, cinq cents, parfois plus pour les meilleurs. Le tout couronné par une arrivée majestueuse, un passage à la VNE au ras de la piste, suivi d'une ressource pour finir par un tour de piste.

Selon les clubs et leurs dirigeants, il y a des lieux où ça « circuite » plus ou moins. Dans certains clubs, on peut entendre :

« J'ai fait un aller-retour sur Lunéville.

– T'as fait des photos – et oui, il faut bien prouver que le but a été atteint par une photo prise à sa verticale – ?

– Non, j'avais pas envie… »

Ca, ça veut dire que l'individu en question a vaguement aperçu le but au bout de son aile, quasiment sans quitter le local du terrain de départ. Nul et non avenu ! Et puis, il existe des clubs au sein desquels l'évolution d'un pilote vers cet art si particulier et tellement enrichissant qu'est le vol sur la campagne est considérée comme une progression normale. Des clubs où, quand le retour s'avère difficile voire compromis, l'équipe de dépannage se constitue naturellement, et où l'aventure se termine par un pot entre amis après la tombée de la nuit.

A cette époque à Malzéville, on ne peut pas dire que nous étions prêts pour les jeux olympiques ! J'avais passé ma qualification campagne neuf mois plus tôt avec Fifi. Nous avions pris le SF28 et il m'avait initié aux plaisirs des approches en campagne. Depuis, j'avais accompli mon épreuve de cinquante kilomètres en vue de l'obtention de l'insigne d'argent de vol à voile. Mais après, plus rien !

Puis quelques nouveaux arrivants ont pointé leur nez dans notre petit club. Du sang neuf, comme on dit. Et les conversations ont commencé à s'orienter vers cette pratique risquée qu'est le vol sur la campagne. Evidement, à chaque fois, j'ouvrais grand mes oreilles et mes yeux brillaient d'envie. Bon sang, ça a l'air chouette ! Parmi ces nouveaux arrivants, il y en avait un particulièrement sympathique, mais qui m'impressionnait un peu, et pour cause !

Je travaillais à l'époque comme chaudronnier sur Jaguar à la base de Toul-Rosières, avec le grade de caporal chef s'il vous plaît. Et ce nouveau – je devrais dire « petit » nouveau, vous allez comprendre – était également militaire. Il avait un grade un peu différent du mien. Lors de son arrivée, sur le cahier d'ordre sur lequel tout militaire devait inscrire ses vols, il avait écrit une sorte de « cal » devant son nom. J'avais alors demandé à la cantonade : « Eh, le nouveau, il est caporal ? » Enfin quelqu'un de moins gradé que moi ! « Mais non, triple andouille – et non triplan d'Houille –, c'est un « G », il est général ! » Oups, la boulette ! Heureusement qu'il n'était pas dans les parages... Car oui, le nouveau était bien général, et même directeur technique de la Fatac*. C'était même un de mes chefs !

Ce général, que j'appellerai le Général O., était vraiment très sympa, ne faisant aucun cas de sa situation… et surtout de notre différence de situation ! Autre particularité : le Général O. n'était pas grand. C'est mal, me direz-vous, d'insister ainsi sur un détail physique – d'autant plus qu'il n'est pas vraiment à la mode... Et ce n'est pas politiquement correct. Mais c'est important pour la suite. Si j'utilisais une expression en vigueur dans notre atelier à l'époque, je vous dirais qu'il était grand « comme trois couilles à genoux ». Mais n'ayant jamais réussi à observer trois couilles à genoux, j'ai du mal à me rendre compte de ce que ça représente, et je vais donc vous donner un exemple plus parlant. Je pense qu'il était plus petit que Jan, c'est vous dire s'il était petit ! Je vous ai dit que le Général O. était sympa, mais je ne vous ai pas dit que c'était quelqu'un de bien, et qui, en plus, n'aimait pas l'immobilisme.

Pour revenir à nos moutons – qui ne sont pas encore des vaches –, les discussions sur le sujet du vol en campagne allaient bon train, et commençaient même à devenir subversives ! Comprenez que se limiter à raconter des souvenirs, c'est parfait. Mais lorsqu'on en vient à évoquer la possibilité de pratiquer cette activité dangereuse, on peut alors réveiller de vieux fantômes, comme celui de ce pilote sans tête qui erre dans les champs en maudissant les fils barbelés !

Au sein de notre groupe, des voix s'élevaient pour engager le club dans cette direction. Et Philippe, le nouvel instructeur, n'était pas le dernier à commenter le sujet. Voilà comment un beau jour de mai 1985, alors que je cumulais presque deux cents heures de vol dont quelques heures de LS4 réalisées à Saint-Auban, je me décidais à partir avec l'Astir FCFCV.

Le petit groupe des conspirateurs était rassemblé autour de moi, et le sujet fatidique était à nouveau évoqué. Il est vrai qu'il faisait beau ce jour-là, et même si le plafond n'avait pas l'air mirobolant, les cumulus présentaient une bonne tête. « Tu pars vers l'Est, pas trop loin, à une cinquantaine de kilomètres. Si tu te vaches, ce n'est pas grave, on est là, on viendra te chercher. Et puis finalement, une vache, ça te ferait une bonne expérience, ça briserait la glace ! » Tout ça me donnait bien sûr très envie d'essayer le vol en campagne.

Me voilà donc sanglé dans mon pur sang, je lève le pouce, le Général O. lève mon aile, et me voilà parti ! Le remorqueur me largue dans une pompe assez puissante, et quelques spirales me conduisent rapidement au plafond.

C'est vrai qu'il n'est pas très haut, mais bon, dans ma tête, le schéma est clair : « gaz ! »

Je choisis un cumulus engageant qui bourgeonne à l'est du terrain. Ca y est, je sors du local ! J'avance de nuage en nuage jusqu'à ce que l'antenne de Malzéville ne soit plus qu'un point à l'horizon. En réalité, je ne suis pas à plus d'une vingtaine de kilomètres, mais quoi, il faut un début à tout ! A peine une vingtaine de kilomètres, mais déjà, les réalités du vol sur la campagne s'imposent à moi. Mon dernier cumulus ne m'a pas monté aussi haut que prévu, et je débute un transit qui s'annonce sans avenir. Le sol se rapproche de plus en plus. Heureusement, les champs accueillants sont nombreux et le relief n'est pas trop tourmenté. La bouffée de liberté qui m'avait porté jusque-là se transforme en une drôle de sensation au creux de l'estomac. Je ne suis pas sur que ce soit de la trouille, mais une sorte d'incertitude bien inconfortable ! Cette incertitude se transforme d'ailleurs rapidement en une certitude bien bucolique : il va falloir aller aux vaches !

Je suis à la verticale de mon champ, qui s'avère confortable à première vue. C'est un champ cultivé où rien n'a encore commencé à pousser. Il est bien assez long, et de toute façon, l'Astir est équipé d'aérofreins très efficaces. Il y a même une ferme pas trop loin, ce qui m'évitera une marche forcée pour trouver un téléphone. Je me présente en finale et touche des roues en début de champ. Le planeur s'arrête en quelques dizaines de mètres, la terre meuble n'a rien à voir avec une piste en herbe damée par des années d'utilisation. J'ai à peine ouvert la verrière qu'une voix tonitruante m'accueille : « C'est donc que vous avez perdu vot' moteur ? C'est ça qui vous a fait tomber ? » Passé l'instant de surprise, j'entame des explications techniques tout en me confondant en excuses pour cette violation de domicile.

« C'est pas grave ! C'est pas tous les jours qu'on peut voir un aéroplane de près ! » Je profite honteusement de cet élan de gentillesse pour demander la possibilité d'utiliser le téléphone. « Mais bien sûr ! » Nous voilà partis vers la ferme.

A Malzéville, la nouvelle crée la surprise, sauf auprès de la joyeuse bande de révolutionnaires. Je n'ai pas à attendre longtemps pour voir arriver un attelage à l'allure caractéristique : une remorque de dix mètres de long ne passe jamais inaperçue ! Et devinez qui est là pour me sortir de cette situation ? Le Général O. et sa bande ! Voyant que tout s'est bien passé, ils sont tout sourire et veulent connaître les détails. Avec une heure de vol et moins de trente kilomètres parcourus, je ne risque pas d'entrer dans le livre des records ! L'ambiance est bon enfant et chacun y va de sa plaisanterie. Notre paysan local s'amuse bien lui aussi, et dès que le planeur est démonté et mis en remorque – ce qui prend à peine plus de vingt minutes –, il nous invite à aller boire un coup à la ferme.

Nous voilà tous rassemblés dans une cuisine aux dimensions imposantes. Le paysan disparaît un instant et revient avec une bouteille en verre contenant un mélange clair comme de l'eau. « Un p'tit coup d'mirabelle ? » Nous nous regardons d'un air interrogateur, mais comment refuser ? Nous avons bientôt un verre à moutarde dans la main, que notre hôte s'empresse de remplir du précieux nectar. « Allez, à la vôtre ! » Chacun lève son verre et boit une rasade du breuvage. Je vois quelques grimaces se profiler sur les visages. Personnellement, j'ai les yeux qui pleurent et la gorge en feu ! La situation me rappelle quelque chose, mais quoi ? Alors que le joyeux cultivateur a le dos tourné, j'entends l'un de nous murmurer : « Il a arrêté la production, les clients devenaient aveugles ! » Mais c'est bien sûr, les Tontons ! En attendant, il faut s'armer de courage pour finir le verre. Que dis-je, le verre ? Vu ce qu'il y a dedans, il a à présent la teneur d'un baril ! Mais comment peut-on boire un truc aussi fort ? Rien que les vapeurs pourraient décoller la tapisserie !

Notre bourreau, lui, n'a pas l'air plus ému que ça. Il entame même la conversation. « Et qu'est-ce que vous faites donc dans la vie ? »… D'un air de dire « vous qui ne travaillez pas la terre, bande de fainéants ! » Alors nous commençons à raconter nos vies. « Et bien moi, je suis chaudronnier, je répare les bosses des avions. » « Et moi, je suis mécano fil, je travaille dans les transmissions ». Comme nous sommes presque tous militaires, nous y ajoutons notre grade. Il sait ce que c'est, l'ancien, il a fait son service ! C'est maintenant au tour de notre sommité à nous, le Général O. Très modestement, il explique son rôle dans le dispositif, et finit par annoncer qu'il est général. La réaction ne se fait pas attendre : « Quoi ? Général ? C'est pas possible ! » Surprise, on est un peu gênés, on espère que notre « Gégène » ne va pas mal le prendre. Pas du tout, il répond simplement : « Comment ça, pas possible ? Et pourquoi donc ? » « Parce qu'un général…. Ça doit être grand ! J'sais pas moi… comme Le Général ! » Passé l'instant de surprise, c'est l'éclat de rire général – c'est le cas de le dire – et la mirabelle descend du coup beaucoup mieux. Nous nous quittons à regret sur cette référence à De Gaulle pour regagner notre port d'attache. Nous rions encore de ces instants uniques. L'arrivée au club nous dégrise instantanément. Nous sommes attendus de pied ferme par l'équipe conservatrice qui prend à partie le général et un instructeur qui avait soutenu les idées perverses. Un autre instructeur (conservateur) me prend à part et me noie sous les questions : « Alors, comment as-tu pris la décision de partir ? Quel est ton plafond mini pour quitter le local ? » « Ben, j'sais pas trop… » Je crois que si je lui dis comme ça, tout d'un coup, « on fonce et on verra après », ça ne va pas lui plaire… Mais passée cette discussion un peu vive, tout le monde se rabiboche autour d'une bonne Jeanlain, qui, c'est bien connu, fait passer tous les maux !

La situation se débloquera même au plateau dans les mois à venir. La campagne va s'ouvrir, et des stages un peu partout en France vont me permettre d'assouvir mon besoin de campagne et de liberté. Bien sûr, il y aura d'autres vaches, et même une bonne dizaine. Mais ça, c'est une autre histoire !

AH LA VACHE !

En ce 4 juin 1986, nous sommes en plein milieu du Concours international air, organisé par le CVA*. Je participe à ce concours international pour la première fois, après avoir essuyé les fonds de classement de deux concours régionaux, tous en Lorraine. Avec mes 380 heures de vol et mes 3 400 kilomètres sur la campagne, on ne peut pas dire que je risque d'inquiéter les têtes de liste, mais ce n'est pas faute d'en vouloir. Tous les espoirs sont donc permis !

Je suis inscrit à ce concours avec Nicolas, qui est pilote de Jaguar sur la base de Toul, où je travaille moi-même comme chaudronnier. Le duo est complété par Olivier, qui est prêt à me dépanner si le besoin s'en fait sentir, en utilisant ma magnifique Citroën GSA ! En cas de vache, Fifi, mon instructeur campagne à qui j'ai servi de dépanneur l'année précédente, viendra prêter main forte à Olivier. Pour l'occasion, le CVA, basé à Romorantin, m'a prêté un Pégase, le B175. C'est une très bonne machine, fabriquée en France au Blanc, chez Centrair. Avec ses 42 points de finesse, elle fait partie de ce qui se fait de mieux en classe standard, même si beaucoup lui préfèrent les planeurs allemands.

Depuis le début des épreuves, on ne peut pas dire que j'ai battu des records. Tout ce cirque est quand même très impressionnant quand on n'en a pas l'habitude. Le briefing pendant lequel les champions brocardent les spécialistes météo, la mise en piste au milieu de cette foule de planeurs de course, les décollages à un rythme diabolique, les prises de pompes initiales dans des spirales où sont présents des dizaines de planeurs, les arrivées avec des passages à la VNE suivis de tours de pistes pas très hauts au milieu de tas de planeurs… Ça décoiffe ! Voilà pourquoi, aujourd'hui, alors que la météo a annoncé une journée « fumante » – ce qui veut dire : prudence ! En survolant les gares, vous risquez de croiser des locomotives –, je prévois un départ sur la pointe des pieds. Et que faire d'autre de toute façon, au milieu de cette frénésie galopante ?

Me voilà en l'air, spiralant dans une pompe où se trouvent au moins dix planeurs, évoluant dans une tranche d'altitude un peu mince à mon goût !

Il faut avoir l'œil sur tous ces objets volants, centrer la pompe en gardant l'oreille sur le vario, repérer l'horloge au sol pour être prêt à prendre la photo dès que le départ sera possible. Et oui, en ce temps-là, le GPS n'existant pas, il fallait bien un moyen d'attester que les concurrents avaient survolé les points prévus – en faisant une photo du point –, et aussi de savoir à quelle heure ils étaient partis. Pour connaître l'heure de départ, des volontaires – les veinards – animaient au sol une horloge géante faite de remorques de planeurs, et changeaient à intervalles réguliers la position desdites remorques. Il y avait donc une vrai tactique à suivre en partant dès que les remorques avaient changé de place ! Pour l'arrivée, c'était plus simple : il suffisait de noter à quelle heure le concurrent franchissait la ligne.

Je vois pas mal de concurrents me doubler dans l'ascendance – pas tous quand même, il ne faut pas exagérer. Ils inclinent comme des malades un fois arrivés au plafond pour prendre la photo, et partir cul par-dessus tête en direction de Vierzon, notre premier point tournant. De mon côté, je monte prudemment, assure un bon plafond tout en guettant l'horloge au sol. Ca y est, elle bascule ! Il y a déjà moins de monde autour de moi, la sécurité n'en est que plus facilement assurée. Un petit virage sur la tranche… et hop ! C'est dans la boîte : un jolie photo de départ.

J'avance tranquillement cap à l'Est, tout en assurant ma navigation qui, heureusement, n'est pas insurmontable sur cet itinéraire. Je croise une nouvelle ascendance, pas fantastique, mais j'ai perdu assez d'altitude à mon goût. Je centre tout ça tant bien que mal, les yeux dehors pour guetter un éventuel planeur, un coup d'œil sur la carte pour garder en tête le prochain but à suivre, une série de coups d'œil vers le sol pour garder des repères et toujours assurer des champs vachables.

Des champs vachables ? Mais que vois-je juste en dessous de moi, dans un de ces aérodromes improvisés si nombreux dans la région ? Un planeur ! A priori, il fait partie du concours. Il n'a pas perdu de temps, celui-là. Au moins, je ne serai pas le premier aux vaches ! Le malheur des uns… Bon, c'est pas tout ça, mais je ne suis pas encore tiré d'affaire. Au boulot ! Je refais mon plafond tranquillement, et entame le transit vers la pompe suivante. Vu la vigueur de la pompe précédente, je cale un Mac Cready plutôt timide. Le Mac Cready, du nom d'un célèbre champion du monde de vol à voile qui a par la suite conçu le fameux Gossamer Condor – premier avion à propulsion musculaire avec lequel il traversa la Manche en 1979 –, est un système fort ingénieux. Il permet d'ajuster la vitesse de transition entre deux ascendances en fonction de la force espérée dans l'ascendance visée. Donc, si on estime que la pompe sera de bonne qualité, on fonce ; on y arrivera plus bas qu'en ayant volé à la vitesse de finesse maximum, mais on y arrivera aussi plus tôt, et si la force est à la hauteur de nos espoirs, le bilan sera positif. Par petit temps (ascendances faibles), on applique bien sûr le calcul inverse. Ce système est concrétisé sur le tableau de bord par un disque en plexiglas superposé au variomètre. Il fait correspondre à chaque vitesse verticale une vitesse de transit. Il est possible de pivoter ce disque en fonction de la valeur estimée dans l'ascendante suivante.

Tout en progressant tranquillement, je constate que le ciel s'est un peu voilé à l'étage supérieur. Le soleil tape donc un peu moins fort. Encore un événement que la météo n'avait pas prévu... Ils vont se faire appeler Arthur au débriefing ! L'ascendance suivante est encore plus faible que la précédente. Ca promet du plaisir si je veux finir autrement que par la route…

Pendant que je centre ma pompe du mieux que je peux, bataillant comme un beau diable, je décide de vidanger l'eau contenue dans mes ballasts. Ces poids morts permettent de mieux transiter. La finesse du planeur reste la même, mais la vitesse de finesse maximum augmente avec la masse. C'est utile quand les ascendances sont assez puissantes, mais c'est très pénalisant par petit temps. Pendant que je vidange, je continue à guetter les terrains que je pourrais utiliser si la situation se dégrade davantage. Et là, nouvelle surprise : dans un champ plutôt vaste juste en dessous, j'aperçois pas moins de quatre planeurs ! Une hécatombe pareille, ce n'est tout de même pas si courant !

Je commence à comprendre ce qui a pu se produire. Au briefing, les spécialistes météo nous ont prévu une journée « fumante », c'est-à-dire des ascendances puissantes. Les premières heures de la journée ont confirmé cette prévision, et la plupart des concurrents ont bien sûr adopté la seule bonne tactique en pareil cas : foncer ! D'abord, remplir les ailes d'eau à ras bord. Après le décollage, grimper aussi vite que possible, puis se jeter sans perdre une seconde vers l'ascendance suivante ! Reprendre ensuite de l'altitude et ainsi de suite, en choisissant les pompes de manière à coller d'aussi près que possible au trait de navigation. Ce schéma parfait a été gâché par l'arrivée de nuages qui ont diminué l'ensoleillement et par conséquent, réduit la force des ascendances.

Tout ceux qui n'ont pas détecté ce phénomène assez tôt se sont retrouvés à un moment en fin de transit, à ce qu'on appelle un « point bas », les ailes pleines d'eau, le planeur trop lourd pour reprendre l'altitude nécessaire. La vidange prend du temps, et quand elle est décidée trop tard… En dessous d'une certaine altitude, la sécurité impose de décider rapidement l'abandon des opérations. Le champ doit être choisi assez tôt, et à l'altitude fatidique, toute recherche de pompe doit être abandonnée… Il est temps d'amorcer la prise de terrain.

S'engage alors parfois un moment ponctué de surprises. Au cours de cette bataille avec les éléments, on est bien souvent obnubilé par les détails qui peuvent nous permettre de reprendre de l'altitude : détails de construction au sol ou champs contrastés qui peuvent favoriser un déclenchement d'ascendance, petit relief bien orienté par rapport au vent et à l'ensoleillement, barbule annonçant la naissance d'un cumulus. Quand les choses tournent mal, il faut instantanément oublier tout ça, et se concentrer sur l'atterrissage en campagne. C'est alors qu'un champ qui avait l'air parfait s'annonce finalement un peu court et présente en plus une ligne téléphonique en son seuil ! Ou encore, le sol se rapprochant dévoile des pierres que les planeurs plastiques – c'est ainsi qu'on appelle les planeurs en fibre de verre ou carbone – n'apprécient pas particulièrement. En plus, à cette altitude, il est souvent dangereux de choisir un autre champ. Un minimum de sérénité est nécessaire à la réussite d'un atterrissage en campagne. Les statistiques annoncent qu'une vache sur dix se finit par un accident. En ce qui me concerne, je n'ai jamais rien cassé. J'ai tout juste neuf vaches à mon tableau de chasse…

La plupart des planeurs de classe standard – planeurs dont l'envergure est limitée à quinze mètres et qui ne sont pas équipés de dispositifs particuliers comme des volets de courbure – sont donc en grande majorité en train de se vacher. Je suis un des rares traînards dont la prudence – forcée, me direz-vous, par mes compétences – a permis d'espérer franchir la zone d'ascendances faibles. C'est loin d'être garanti. Mais en attendant, je tiens en l'air ! Les planeurs de classe course – quinze mètres, mais avec volets de courbure – et libre – pas de limites, l'envergure peut atteindre 24 mètres, et la finesse plus de soixante – sont en train d'avancer sur la pointe des pieds en utilisant leurs performances supérieures. Pour moi, le choix tactique est clair : rester en vol aussi longtemps que possible. Si, en respectant ce principe, je réussis à avancer, tant mieux. Sinon, tant pis. Mais je ne me rendrai pas sans combattre !

J'arrive malgré tout au point tournant. Ici, c'est Gravelotte ! Il y a tellement de planeurs éparpillés un peu partout que je renonce à les compter ! Le terrain de Vierzon connaît une affluence inhabituelle lui aussi. On se croirait un samedi sur un parking de supermarché – enfin, à ce qu'on m'a dit… Moi, j'évite plutôt d'y aller ce jour-là ! Il va y avoir des embouteillages d'attelages sur la route de Vierzon – une voiture plus une remorque de planeur représentent un convoi long de plus de vingt mètres. Pour l'avoir déjà vécu, j'imagine les pilotes assis dans l'herbe ou les chaumes la tête en l'air, regardant passer les concurrents qui sont toujours en course tout en attendant le dépannage ! Certains d'entre eux perdent là de précieux points pour le classement, d'autres encore ont un nœud à l'estomac, à cause d'un piquet qu'ils n'avaient pas vu et qui a abîmé le fuselage, ou encore d'un petit fossé qui a effacé le train d'atterrissage. Pour eux, le concours est fini, et le retour en club s'annonce triste !

Pour moi, les choses sont plutôt en train de s'arranger. La couverture nuageuse de l'étage supérieure, à l'origine du carnage, est en cours de dissipation – les spécialistes météo trouveront bien un truc à dire, dans le genre : « vous avez bien vu, ça n'a pas duré ! ». Il y a donc un espoir de finir le circuit ! Pendant le trajet vers Saint-Aignan, le deuxième point tournant, j'écoute les conversations radio avec un peu plus d'attention. Je commence à comprendre qu'il n'y a plus grand monde en course, à part les planeurs libres qui ne jouent pas dans le même classement. Je me dis que j'ai peut-être une chance de gagner quelques précieux points. Et vu le résultat des autres qui se sont vachés avant le premier point tournant, parcourant ainsi à peine trente kilomètres, un retour à Romorantin me rapporterait beaucoup. Me voilà donc repris par la fièvre du concours. Je pense de plus en plus à finir, plutôt qu'à tenir !

Mais vouloir n'est pas toujours pouvoir, et les petits frères des cirrostratus de tout à l'heure sont en train de remplir le ciel. Les ascendances ont à nouveau une très petite santé ! La journée commence à se faire longue – je suis en vol depuis bientôt trois heures. Les reprises d'altitude durent de plus en plus, les transits se font à la vitesse de finesse max, la vitesse de croisière est minable ! Tout ça m'amène quand même sur la troisième branche, vers Millancay, ce qui me conduit très près de ma destination finale : Romorantin. L'odeur de l'écurie se fait plus forte, en même temps que le ciel s'assombrit. De rares cumulus évanescents apparaissent encore de-ci de-là, mais le temps se prête de moins en moins au vol à voile. Je ne vais quand même pas me vacher sur la dernière branche, après avoir résisté jusque-là ! Mes projets d'actions sont de plus en plus orientés vers un seul but : finir ! Passer la ligne et aller d'un pas nonchalant consulter le classement ou, pour une fois, mon nom risque d'apparaître suffisamment loin du bas de liste !

Mais Eole ne l'entend pas de cette oreille. Les débris de cumulus qui restent encore ont bien du mal à maintenir mon Pégase en l'air. Il y a bien longtemps que je n'ai pas fait un plafond. Les points bas sont de plus en plus bas. C'est quand même rageant ! Je vire à Millancay, le dernier point tournant. J'avance ensuite le long de la route qui mène à Romo. Je vois maintenant les installations de la base aérienne. J'en suis à quinze kilomètres à peine ! Du coup, je perds toute prudence. Je choisis d'avancer en gardant le local de champs – rapport altitude/distance nécessaire pour rejoindre un site « posable » – de plus en plus petit. Je ne prends même plus en compte leur état de surface. Il y a là quelques champs d'asperges, des friches, je peux y arriver ! Je me traîne maintenant à 500 m. J'hésite à avancer vers un ersatz de cumulus qui se trouve entre ma position et le terrain. Le problème est toujours d'assurer un atterrissage quelque part si ce pauvre nuage ne me donne pas de quoi reprendre de l'altitude.

Je suis depuis quelques minutes au-dessus de la forêt solognote. Ce ne sont donc plus que bois, étangs, mares et quelques rares zones dégagées. Il y en a une justement à côté de mon petit nuage. En revanche, les arbres m'empê-chent de voir comment elle est pavée.

Je décide de tenter le coup. Je pars à la vitesse de finesse max vers mon nuage, en qui je place bien des espoirs ! Juste avant d'arriver dans la zone où pourrait se trouver la pompe, je jette un coup d'œil à mon soi-disant champ. Et là, mon sang se glace ! Ce que je pensais être un champ est en fait une zone de forêt qui vient d'être déboisée. Les troncs ont été enlevés, mais toutes les souches sont sur place, juste à côté du cratère que leur déracinement a provoqué ! Les traces des engins venus faire le travail sont là pour donner un peu de géométrie à ce capharnaüm. Elles sont alignées sur la plus grande longueur de la zone, mais paraissent bien profonde et pas assez larges ! En bref, je viens de couper derrière moi le pont qui me reliait à une fin de vol en toute sécurité. Si je ne réussis pas à gagner dans la prochaine ascendance de quoi rejoindre l'aérodrome, je suis cuit...

J'avance sur la pointe des pieds en surveillant le variomètre comme la prunelle de mes yeux. Le moins qu'on puisse dire, c'est que je serre les fesses ! Une olive, dix litres d'huile, comme disaient les anciens. Evidemment, j'ai poussé le bouchon un peu loin, et en fait d'ascendance, mon variomètre m'indique à présent une descente lente, mais sure et inéluctable. J'arrive à 200 m, je suis plus ou moins en vent arrière de mon « champ ». J'ai juste le temps de le longer en une sorte de vent arrière pour confirmer ce que j'ai déjà observé : le contact avec le sol va être sportif ! Etape de base et dernier virage sont très rapprochés, et me voici en finale. Il faut que je me pose dans l'une des traces tout en évitant les souches éparpillées dans cette clairière. Je choisis la partie droite de la zone qui me semble suffisamment dégagée pour éviter de casser une aile ou pire, percuter une souche de plein fouet. J'arrive en très courte finale, je vise au mieux le centre de la trace, elle semble assez large pour y loger le fuselage. Les dernières souches viennent de passer sous les ailes, les prochaines sont à un peu plus de cent mètres devant... Ca doit passer !

Le contact avec le sol est assez doux... Mais j'entends un bruit sinistre d'arrachement. Aérofreins et freins de roue au maximum, la distance de roulement est ridiculement faible. J'ouvre la verrière, me détache et sors de l'habitacle. Un coup d'œil au planeur : il a l'air d'être moins ému que moi. Cependant, à quelques dizaines de mètres derrière lui, deux petites plaques blanches reposent dans le sillon. Le diagnostique est rapide : la trace d'engin était juste assez large pour accepter le fuselage de mon Pégase, mais pas les trappes de son train. Je les récupère. Elles ne sont pas abîmées ; quelques rivets répareront tout ça demain matin. La radio grésille : un concurrent en ASW20 me survole à basse altitude – moins basse que moi – et me demande si mon champ est vachable. Je lui annonce la couleur, il décide de continuer vers le terrain. Après ce choix, plus d'alternative, il faut qu'il y arrive. Il n'y a en effet pas de site « posable » entre mon champ et l'aérodrome. J'apprendrai plus tard qu'il a réussi. Vu du sol, la clairière semble comporter un tel nombre de souches que son utilisation comme terrain de secours est la dernière chose qui me viendrait à l'esprit. Et pourtant, le Pégase est là, attendant sa remorque, pour prouver le contraire.

La remorque ! Il faut peut-être que je me réveille si je veux que l'équipe de dépannage vienne me récupérer ! Les téléphones portables n'ayant pas encore été inventés, il va me falloir marcher jusqu'au téléphone le plus proche. Comme les cabines téléphoniques ne sont pas monnaie courante au milieu des forêts solognotes, j'espère trouver une âme charitable dans la première maison que je trouverai pour me prêter son téléphone. Sachant que je sais à peine où je suis – au sens randonnée pédestre, bien sûr –, l'entreprise s'annonce délicate ! Je pars donc en suivant les traces des engins forestiers. Dès que j'ai quitté la clairière, je me trouve évidement dans une belle forêt, avec tout ce qu'il faut pour s'y perdre ! Je parcours un dédale de chemins et je prends conscience rapidement d'un fait : retrouver le planeur à mon retour ne va pas être chose facile. J'essaye de prendre des repères, mais tout se ressemble.

Au bout d'une demi-heure, je croise néanmoins une route goudronnée : un élément de civilisation, c'est bon signe ! Encore trois quarts d'heure de marche, et voilà un groupe de maisons. Je sonne à une porte, l'accueil est hésitant, comme bien souvent, et les explications ne rassurent pas forcément. « Vous avez perdu votre moteur et vous êtes tombé dans la forêt ? » Ce n'est pas tout à fait ça, mais en revanche, j'aurais grand besoin de votre téléphone ! J'appelle donc le « standard » du concours qui centralise les appels des concurrents malheureux. Plutôt que de donner la position exacte du planeur – je me rends compte que j'en serais bien incapable –, je dis à l'équipe que je l'attendrai sur la petite route goudronnée que j'ai suivie en sortant de la forêt. Au téléphone, on me fait comprendre que je figure en haut du classement de l'épreuve, juste derrière l'ASW20 ! Bien sûr, il faut encore développer mes films, mais ce soir, nous ne serons pas nombreux à rendre un rouleau de pellicule. Je raccroche et remercie grandement la brave dame, en proposant une petite pièce qui est, comme bien souvent, refusée.

Je me remets en route vers le point de rendez-vous. Suivre la route est bien sûr facile, mais retrouver l'entrée dans le bois l'est beaucoup moins. J'y parviens quand même, après quelques hésitations, et je me poste à l'entrée du chemin. Compte tenu de la proximité de Romorantin, l'attente est de courte durée. L'équipe arrive hilare et chahutante : nous sommes deuxièmes de l'épreuve, c'est la fête ! J'ai un peu de mal à entrer dans l'ambiance ; je me dis qu'ils vont déchanter en voyant l'allure de mon champ. Surtout Fifi, mon instructeur sur la campagne ! Je temporise donc autant que je peux, en leur disant que, oui, certes, j'ai réussi à me rapprocher du terrain, mais que j'ai un peu égratigné la machine. Qu'à cela ne tienne ! Des trappes, ça se répare. Allez, au planeur ! Leur moral est inébranlable, j'en reste donc là pour l'instant. « Bon, il est où, le planeur ? », lance l'un d'entre eux. « Et bien… Vous allez rire, je n'en suis pas tout à fait sur… » Nous nous engageons dans les chemins, à pied d'abord – le bouquet serait de coincer la remorque quelque part.

Mais tous les chemins se ressemblent. Que n'ai-je employé la fameuse méthode du petit poucet ? Plus le temps passe et moins je reconnais les lieux. Le soleil a commencé à décliner depuis un bon bout de temps, la forêt change de couleurs. Avec la pénombre, du gibier se manifeste dans les fourrés. L'équipe de dépannage prend conscience du problème, et les hourras du début se transforment en perplexité… La détermination finit par payer. Dans un « ouf » de soulagement, je finis par reconnaître un chemin qui mène à la clairière, et un membre de l'équipe parti en éclaireur aperçoit enfin le Pégase. En revanche, tout le monde comprend maintenant pourquoi je jouais au rabat-joie tout à l'heure. Plus personne ne rit, et je les vois contempler la clairière, ses souches et ses ornières ! Fifi, mon instructeur qui me félicitait tout à l'heure, s'approche de moi et me glisse à l'oreille : « Pas mal ! Je pense que tu as trouvé là un bon moyen de te tuer ! »

Les mots font mouche. Nous débrieferons en détail plus tard, quand la pression sera retombée. En attendant, il faut démonter le planeur, approcher la remorque autant que possible, et porter ou pousser les différents éléments vers celle-ci. L'opération est vite achevée, et nous reprenons le chemin du terrain. En arrivant, on me félicite encore. Je vais quand même voir les gars du CVA qui m'ont prêté le planeur pour leur parler des petits dégâts. « Les trappes, pas grave ! Après tout, tu répares des Jaguar, tu peux bien réparer un Pégase ! Va prendre ce qu'il te faut dans l'atelier et débrouille-toi ! » Je suis vraiment entouré de gens formidables. J'ai un peu l'impression d'avoir trahi leur amitié. Pendant que je répare mes bêtises, je suis pressé de questions par des compétiteurs d'un niveau bien supérieur au mien. Comment ai-je pu passer, et par où ? Ils n'en reviennent pas, mais je suis bien incapable de leur livrer une recette miracle... Il n'y en a tout simplement pas !

Tout en préparant l'épreuve suivante, Fifi trouve le temps de me faire passer un examen de conscience. J'ai déjà bien ressassé ma bêtise, mais le fait de raconter l'aventure dans ses moindres détails à quelqu'un m'aide à digérer le morceau. La rage de gagner, les honneurs et le plaisir de faire un beau classement, la gloire, certainement aussi un peu de fatigue, tout ça m'a fait occulter l'essentiel pendant un court instant : une impasse à la sécurité est bien souvent une voie royale vers l'hôpital, ou pire ! Je suis passé à deux doigts de gâcher un tas de choses merveilleuses pour gagner quoi ? En attendant, cette événement aura, pour une fois, permis de donner raison aux statistiques : c'était ma dixième vache !

LES CÔTES DE MEUSE

Utiliser un avion léger pour ses déplacements personnels comporte beaucoup d'avantages et procure bien du plaisir. Mais cette pratique comporte des pièges classiques et bien identifiés qui, pourtant, tuent régulièrement. Lorsqu'on prend le départ vers une destination quelconque, il va de soi que le but principal est d'atteindre cette destination. Mais lorsque l'on vole en avion léger et que l'on doit respecter les règles de vol à vue, il n'est pas rare de rencontrer des situations météorologiques qui imposent des déroutements, des demi-tours, voire des annulations. Voilà pourquoi il est souvent dit que l'avion léger est un moyen de transport rapide pour gens peu pressés.

Nous sommes vendredi et le week-end est particulière-ment bienvenu pour plus d'une raison : d'abord, nous sommes au mois d'août, et à l'atelier, l'effectif réduit et le rythme de travail allégé invitent davantage à penser aux loi-sirs qu'à nos tâches de maintenance sur Jaguar. Ensuite, parce que ce week-end est un peu spécial. J'ai en effet organisé une petite virée à Brienne-le-Château avec le Sicile Record de mon copain Alain. De plus, je suis accompagné de Corinne, jolie blondinette qui vole sur planeur au plateau de Malzéville. Nous allons retrouver là-bas des camarades de vol à voile qui organisent et participent au championnat des Vieux Criquets 1986. C'est un concours bon enfant qui rassemble des vieux planeurs et des pilotes de grande expérience – il n'aurait pas été très gentil de les affubler du même qualificatif que leurs montures – pour des épreuves plus amicales que réellement compétitives. Ambiance assurée !

Nous avons prévu de passer une nuit sur place et de rejoindre Nancy samedi dans l'après-midi. Seule ombre au tableau : la météo n'est pas vraiment optimiste. Mais je crois que dans la prise en compte des éléments au moment de la préparation du vol, la moue inquiète du prévisionniste n'a pas fait le poids face au sourire de Corinne ! Pour tout dire, je ne serais pas opposé à ce que notre escapade prenne une tournure quelque peu romantique – pour ceux qui veulent bien appeler ça de la romance ! Et puis il y a LE Sicile. Voilà un avion qui m'aura laissé un souvenir ! J'ai encore une copie de son manuel de vol dans ma bibliothèque. Son moteur Potez 4E20 de 105 chevaux le propulse à 200 km/h en vitesse de croisière, avec quatre personnes à bord. Certes, il ne faut pas que ces quatre individus soient trop encombrants, sinon le périple peut devenir vraiment intime – surtout en places arrière ! Et puis, quelle ligne avec sa dérive en flèche. N'en déplaise à Monsieur Délémontez, concepteur de ces avions merveilleux qui préfère la dérive monobloc du « simple » Sicile, le record a vraiment une gueule d'avion de course ! Son pilotage ne trahit pas non plus son apparence. Il n'est pas difficile de s'imaginer aller au bout du monde avec un tel engin !

Tous ces éléments participent à la construction d'un schéma mental qui me pousse à l'action : je préfère partir coûte que coûte plutôt que d'annuler. Il fait si beau en ce vendredi d'août ! En hiver, les considérations seraient bien différentes… Nous voilà donc à bord, le cœur léger. Si le voyage de Nancy à Brienne ne dure que cinquante minutes, il n'en est pas moins à classer parmi les bons souvenirs. A l'arrivée, nous sommes accueillis par la bande du « bûcheron », et l'ambiance est à la hauteur de l'événement : ça s'annonce festif !

La fin de l'après-midi se passe à tourner autour des planeurs : AIR 102, Nord 2000, Breguet 901… Un paradis pour amoureux des machines volantes du temps passé ! Dans la soirée, le traditionnel « bout de gras », un barbecue arrosé de Jeanlain, vient ponctuer une journée bien remplie. Nos amis organisateurs nous font des places dans leurs caravanes. C'est rustique, mais pas désagréable. Ca sent bon les vacances !

Le lendemain matin, l'ambiance est tout autre. Le réveil est un peu difficile. La Jeanlain et l'heure de coucher tardive doivent y être pour quelque chose. De plus, ce qui devait arriver est bien là : il fait gris, mais vraiment très gris, avec des nuages bien bas ! Nous rejoignons nos hôtes autour d'un petit déjeuner frugal : je me contente d'un grand bol de café noir. Je n'ai pas l'habitude d'avaler ce genre de substance en guise de premier repas de la journée, mais soit… A la guerre comme à la guerre. La discussion s'oriente vers le problème du jour : le mauvais temps et ses conséquences sur les loisirs aériens. Pour le vol à voile, c'est réglé d'avance. Mais pour notre retour en Sicile, il y a un espoir, et même plus. La conversation dérive ensuite sur les accidents d'avions légers causés par les mauvaises conditions météo. Les arguments fusent. « Le truc, c'est de ne surtout pas entrer dans la couche… » «… Oui, il faut se garder une marge sous le plafond nuageux, et faire demi-tour assez tôt dès que ça descend trop bas ! »

La conversation glisse ensuite sur le chapitre des atterrissage forcés : « Le problème, c'est que si c'est un peu mou ou que tu te prends un fossé, ça peut se finir par un arrêt plutôt brutal ! » « Et puis, sur la plupart de nos avions d'aéro-club, il n'y a pas de vrai harnais, et donc pas de sangles d'épaules. C'est pour ça que dans ce genre d'accident, les traumatismes faciaux sont courants. » Ces échanges ne semblent troubler personne, même quelques heures avant d'entreprendre un vol dans des conditions météo tangentes. Personne… sauf ma passagère, Corinne. Je m'aperçois un peu tard qu'elle écoute la conversation avec une attention inquiète, qui imprime sur son visage habituellement jovial une moue apeurée.

Il est temps d'aller récolter des informations objectives pour décider de ce que nous allons faire. Hélas, le prévisionniste non plus n'est pas envahi par l'optimisme. Il nous annonce le passage d'un front en fin d'après-midi, et nous sommes déjà sous les nuages bas qui le précèdent. Les conditions à Brienne et à Nancy permettent encore d'entreprendre un vol à vue, mais entre les deux villes se trouvent des collines qui pourraient bien être accrochées !

Qu'à cela ne tienne. Plus nous attendons, plus ça va se gâter. Je décide donc de partir le plus tôt possible. Corinne me suit dans toutes mes démarches, pas plus rassurée que ça. Je prépare l'avion, refais le plein – on ne sais jamais où un déroutement météo peut nous conduire – et il est bientôt l'heure de remercier nos hôtes avant de s'en aller. Pendant tous ces préparatifs, le niveau de stress est monté gentiment. D'autant plus que je n'ai rien dans le ventre, sauf ce grand bol de café noir qui commence à révéler sa force. Le pire, c'est que j'ai toujours été sensible à la caféine, et là, vu la dose ingérée, je pense que je risque d'être dans un état au-delà de l'éveil pendant un bon moment !

Nous décollons malgré tout. Je ne sais pas pourquoi, mais Corinne a la main droite prête à s'agripper au bandeau au-dessus du tableau de bord. Je crois que nos histoires ont déjà fait une victime ! Les premiers instants du vol se révèlent contre toute attente sereins. On ne peut pas dire que ce soit du grand beau temps, mais les mille pieds de plafond rencontrés à la verticale de Brienne sont bien suffisants pour prendre le cap vers Nancy. J'en profite pour concrétiser auprès de Corinne les notions abordées lors du petit déjeuner : « Tu vois, là, on commence à taquiner le plafond. Il ne faut pas y rester collé, sinon on ne voit plus rien devant et on risque de ne pas voir une éventuelle dégradation. Il faut redescendre un peu, et tant qu'on a assez d'eau sous la quille, ça marche ! »

Ca marche, oui. Mais le plafond ne monte pas vraiment alors que le sol, lui, grimpe parfois pour ne laisser qu'un interstice bien mince dans lequel nous nous glissons avec appréhension. Nous jouons à saute-mouton avec quelques collines et je sens ma passagère se crisper à mes côtés ! Je continue à dire à Corinne que le principal, c'est de ne pas entrer dans la couche quand soudain, nous nous retrouvons en plein dans la purée de pois ! Je rends la main et nous retrouvons la vue du sol. OK, nous sommes maintenant vraiment trop bas pour moi. Il est temps de faire quelque chose. Je commence par un demi-tour prudent, puis je décide de ne plus du tout coller au trait de navigation, l'essentiel étant de retrouver des conditions de vol dignes de ce nom. Je me dirige vers un cap légèrement Sud où le ciel semble plus clair. De temps en temps, je tente une poussée vers l'Est, mais impossible de passer ! Le niveau de stress est à son comble. Corinne commence à montrer des signes de lassitude très nets. Je n'ai qu'une envie, mettre fin le plus tôt possible à ce manège infernal. Un coup d'œil à la carte pour voir où nous en sommes : Neufchâteau n'est pas très loin. Se pourrait-il que ce petit aérodrome soit notre planche de salut ?

Nous atteignons Neufchâteau en quelques minutes. Le terrain est là, en bordure de la ville. Un circuit de piste acrobatique à une hauteur innommable et nous voilà posés. Ouf ! L'atmosphère se détend rapidement. Nous sommes en vie et sur le plancher des vaches, c'est déjà beaucoup. Comme dit le proverbe : mieux vaut être au sol à souhaiter être en l'air que l'inverse !

Je profite de cet instant de calme pour rassembler mes esprits et élaborer un plan d'action. Neufchâteau va nous servir de base de départ pour une nouvelle tentative. Je vais essayer de contourner les plateaux qui sont à l'est de Nancy par le sud, et rejoindre ainsi Essey en longeant Azelot. Nous ne sommes pas si loin de la vallée de la Moselle ; si nous la rejoignons, nous pourrons la suivre cap au Nord pour sauter ensuite dans la vallée de la Meurthe et ainsi arriver aux portes de Nancy. En cas de mauvais temps, nous avons plusieurs options : revenir à Neufchâteau ou atterrir à Azelot. Le plan convient à ma passagère, c'est reparti !

En fait, les dieux en ont assez de jouer avec nous, et ce retour se passe plutôt bien. Certes, sans risquer un coup de soleil, mais tout de même à une hauteur de vol enfin raisonnable et un plafond tout à fait acceptable. Nous nous posons en ayant mis vingt-cinq minutes de plus qu'à l'aller : belle performance ! Arrivé au parking, j'entreprends de nettoyer l'avion, qui porte les traces de notre périple sur la piste en herbe de Neufchâteau. Corinne ne demande pas son reste et me quitte pour aller se remettre de ses émotions. Quant à moi, je rejoins ensuite mon petit deux pièces situé non loin de la place de la Croix de Bourgogne, à Nancy.

Comme prévu, la caféine me maintiendra éveillé une bonne partie de la nuit, ce qui me laissera tout le temps pour penser à ce qui s'est passé dans la journée. La veille encore, j'étais armé de certitudes que quelques nuées vaporeuses ont dispersées en un instant. On est bien peu de choses ! J'aurais bien sûr l'occasion d'en discuter avec des pilotes plus expérimentés que moi. L'avis est unanime : en aéronautique, l'obstination tue ! Oui, facile à dire, mais dans l'action, les décisions ne sont pas toujours facile à prendre. Il me reste donc à acquérir une bonne dose de jugement !

Au fait, pour ceux qui se le demanderaient encore, cette aventure n'aura pas pris la tournure romantique que j'avais espérée… Mais ce n'est pas faute d'avoir essayé !

NEIGE AU PIC

Lorsque l'on pratique le vol à voile dans les contrées du Nord, les hivers sont toujours trop longs. Voilà pourquoi Philippe et moi avions tout fait pour convaincre le président du club de Malzéville de nous prêter un Pégase pour aller passer quinze jours au Pic Saint-Loup, haut lieu du vol d'onde qui permet de tenir l'air en planeur même au solstice d'hiver ! Nous avions déjà migré, au cours des années précédentes, à Issoire – « belles filles à voir, bon vin à boire » –, mais aussi à Challes-les-Eaux. A chaque fois, ces stages avaient été une réussite, tant aéronautique qu'humaine. Le club n'ayant rien organisé cet hiver-là, il n'était donc pas surprenant que nous cherchions à nouveau à nous échapper de la grisaille lorraine. Philippe et moi avions donc commencé ensemble à construire des châteaux en Espagne. Enfin, un peu moins loin…

A cœur vaillant, rien d'impossible ! Le comité directeur du club finit par céder à nos assauts, et nous voilà en route vers le Sud en ce deuxième week-end de janvier 1987. Comme à l'accoutumée, la logistique est assurée avec les moyens du bord : nous transportons le Pégase dans sa remorque en le tractant avec ma vieille Citroën GSA, équipée depuis peu d'un attelage.

Il ne nous faut pas moins de deux jours pour atteindre notre but. Pour ceux qui n'ont jamais essayé, la conduite d'un attelage constitué d'une voiture de tourisme et d'une remorque de plus de dix mètres est une expérience intéressante. Le moindre coup de volant un peu brutal produit des sinusoïdes dont les conséquences peuvent s'avérer fatales. C'est donc avec plaisir que nous atteignons l'aérodrome du Pic Saint-Loup le dimanche après-midi. Une équipe de Pont-Saint-Vincent nous y rejoint. L'occasion d'enterrer la hache de guerre – amicale, hein, il ne faut pas exagérer – afin de faire bonne mesure face aux vélivoles sudistes !

Rapidement, nous sommes à l'œuvre pour sortir le planeur de sa remorque, l'assembler et le mettre à l'abri sous un hangar. C'est qu'il s'agit de ne pas oublier l'essentiel : nous sommes là pour voler, et à part le plaisir que cela doit nous procurer, il y a le résultat de cette migration et de tous ces kilomètres parcourus. Les dirigeants de notre club attendent de nous que nous ramenions des « heures » !

Le lendemain, la météo n'est pas vraiment au beau fixe : pas assez de vent pour faire vivre les pentes ou l'onde, et une couverture nuageuse pour prévenir toute évolution thermique. Il faut dire qu'à cette époque, les prévisions météorologiques à long terme n'étaient pas ce qu'elles sont aujourd'hui. Le passage d'une perturbation était bien annoncé pour le début de semaine, mais compte tenu de la latitude à laquelle s'était terminée notre transhumance, nous n'étions pas vraiment inquiets.

En attendant des conditions plus favorables, je fais quand même un vol avec le chef pilote du club, histoire de prendre mes marques en vue des prochaines aventures. Cette première escapade est brève : dix-sept minutes d'ASK 13 plus tard, nous sommes de retour au sol. Je décide malgré tout de dégourdir les pattes de notre Pégase. Il l'a bien mérité ! Malheureusement, ce vol ne restera pas dans les annales non plus. Après une petite demi-heure de vol, j'enregistre mon deuxième atterrissage de la journée. Les jours étant de courte durée à cette saison, il est déjà temps de rentrer les machines volantes dans leurs hangars. Le ciel est lourd à l'Ouest. La perturbation annoncée devrait passer dans la nuit. Avec un peu de chance, nous volerons demain un peu mieux qu'aujourd'hui. Certes, il fait froid. Un froid assez vif même, qui pourrait bien faire tomber un peu de neige. Mais si près de la Méditerranée, il ferait beau voir que cette neige ne fonde pas avec les premiers rayons du soleil !

Nous nous retirons dans le club house pour une soirée comme le vol à voile en connaît tant : bonne chair et moult boissons, petites histoires et forte impression ! Quand nos hôtes nous quittent en fin de soirée, il neige faiblement, mais le ciel est bien bas. Nous nous jetons dans les bras de Morphée peu de temps après en rêvant aux kilomètres à parcourir sur la campagne…

« Debout ! Viens voir…
– Hein ? Quelle heure il est ?
– Viens voir ! »

J'ai un peu de mal à me lever ; le vin de l'Hérault a laissé des séquelles désagréables. Il est à peine sept heures, qu'est-ce qu'ils ont tous à s'agiter comme ça ? L'ambiance fait penser à une colonie de vacances un jour de grande farce collective ! En arrivant à la fenêtre, je comprends mieux : j'ai l'impression d'être revenu en Lorraine, voire même de m'être télétransporté pendant mon sommeil jusqu'au pôle Nord ! Tout est d'un blanc immaculé. Et pas juste une petite couche pour donner de la couleur : les remorques des planeurs ne sont même plus reconnaissables et disparaissent sous des congères de deux mètres ! Il y a partout trente à quarante centimètres de neige. J'en reste bouche bée. Philippe me tire de ma torpeur : « Habille-toi, on va faire un tour dehors ! » Oui, il n'a pas tort. L'instant n'est pas banal, autant en profiter. Après quelques pas, nous nous rendons compte du sérieux de la situation : la route d'accès est couverte par endroit de congères de près d'un mètre. Les hangars sont inaccessibles sans une bonne séance de pelletage. Mais comme je ne suis pas accompagné de gens tristes, l'évaluation de la situation se transforme rapidement en bataille de boules de neige !

Je rejoins le club house pour prendre un petit déjeuner bien mérité. Pendant ce temps-là, Philippe passe un coup de fil au président du club, juste pour savoir à quoi ça ressemble un peu plus bas dans la vallée. Surprise ! Le téléphone émet un son stupide et répétitif qui ne présage rien de bon. La tempête de cette nuit a dû endommager la ligne…

Nous établissons un conseil de guerre qui prend une tournure un peu plus sérieuse. Nous sommes visiblement isolés sur l'aérodrome jusqu'à nouvel ordre. Au vu de la température ambiante, nous ne nourrissons aucun espoir de voir ce blanc manteau fondre au soleil. Il va falloir trouver un autre moyen pour reprendre contact avec la civilisation ! Nous autres Lorrains, nous savons bien que les contrées du Sud ne sont pas préparées à ce genre de phénomène. En Lorraine, les chasse-neige auraient tourné toute la nuit sur les routes principales et commenceraient à travailler sur les routes secondaires aujourd'hui même. Mais ici…

Nous faisons l'inventaire des réserves : nous pouvons tenir deux jours sans trop de problèmes. D'ici là, il serait agréable de trouver une solution. La journée se passe en menus travaux de déblaiement autour des bâtiments du club. Le soir, nous sommes exténués, et le téléphone n'est toujours pas rétabli. Heureusement que l'électricité n'a pas été coupée, nous n'aurions plus de chauffage ! Nous nous endormons nettement moins sereins que la veille, nous demandant comment cette histoire va pouvoir se terminer.

Le lendemain, la situation est inchangée. La discussion au petit déjeuner tourne autour des moyens de rejoindre la civilisation. J'interviens en signalant que je me fais fort, avec ma Citroën, de faire une tentative dès que possible. Grâce à la suspension magique mise en position haute, il ferait beau voir qu'un peu de neige résiste aux hommes de l'Est ! Nous voilà donc partis à quatre, un collègue de Pont assis en place droite. Les premières centaines de mètres se passent plutôt bien. La neige n'est pas trop épaisse, et la voiture surélevée franchit les obstacles lentement, mais sûrement !

Mais c'est trop beau pour durer… En arrivant près d'un petit pont, l'épaisseur de neige augmente et voilà que nous patinons. « Recule et prend de l'élan ! De l'autre côté, ça a l'air moins épais ! » C'est une idée. Je recule donc sur la partie dure – enfin, tout est relatif –, puis enclenche la marche avant et accélère autant que possible. Nous emmagasinons de la vitesse, beaucoup même si on considère l'état de la route. En arrivant sur la congère, la GS, dont le dessous est plat comme une barque, décolle et glisse sur la neige sans que les roues ne soient plus en contact avec quoi que se soit ! Nous glissons comme ça sur quelques dizaines de mètres avant de nous arrêter. Je jette un coup d'œil à mon camarade de droite : super, ton idée ! Il n'est pas plus impressionné que ça et ouvre sa portière. Il éclate alors de rire. Quoi encore ? Je me penche pour essayer de comprendre ce qui a pu déclencher une hilarité pareille. Et par l'entrebâillement de la porte, je vois… rien ! En effet, si la voiture était délicate à diriger sur ses roues, en mode luge, elle est allée où bon lui semblait. Les deux roues droites sont donc dans le vide au-dessus du fossé, la voiture en équilibre instable sur la congère.

Nous sortons tous du véhicule par son côté gauche, mais le spectacle n'est pas vraiment plus joli vu de l'extérieur. Je n'en mène pas large. Il ne manque pas grand-chose pour que notre aventure, de pitoyable, devienne catastrophique. Si la voiture bascule, non seulement je perdrais mon seul moyen de transport – que j'aurais bien du mal à remplacer –, mais en plus, nous serions dans l'impossibilité de ramener le planeur à Nancy. Nous retournons donc à l'aérodrome pour chercher des pelles, des cordes… Bref, tout ce qui peut nous aider à sortir de ce mauvais pas.

De retour sur les lieux du crime, tout le monde s'active. On dégage la congère derrière la voiture, puis on attache les cordes à l'arrière pour pouvoir la tirer vers la zone dégagée. Nous sommes nombreux, c'est plus facile que prévu. Je respire ! La voiture récupérée, pas question de continuer avec les mêmes méthodes. Ou alors, on prend le véhicule de quelqu'un d'autre ! Nous revenons donc à la case départ, et à défaut de toucher vingt mille, il est temps de se mettre à table. La discussion va bon train et les quolibets pleuvent sur mon pauvre carrosse !

Le repas terminé, il faut revenir à notre problème initial : les provisions ne vont pas durer éternellement, et il semble que le reste du monde nous ait oubliés. Philippe propose de parcourir les quelques kilomètres qui nous séparent de Saint-Martin-de-Londres à pied. Sage décision. Cela vaudra toujours mieux qu'en essayant de mettre ma voiture au fossé.

Chacun se munit d'un sac à dos, enfile une bonne paire de chaussures, et en avant ! Nous constatons rapidement combien la tentative motorisée était inconsciente ; nous nous enfonçons par endroit jusqu'au-dessus du genou. La progression est donc un peu difficile, mais heureusement, en approchant du village, la couche est moins haute et plus régulière. Arrivés au magasin du village, les gens s'étonnent : « Mais qu'est-ce que vous faisiez là-haut ? » Ben… On était venus chercher le beau temps ! Les sacs à dos remplis de victuailles, nous reprenons le chemin de l'aérodrome. Après le repas, personne ne demande son reste ni n'a besoin de berceuse. La journée a été suffisamment chargée en émotions et en efforts physiques !

Le soleil se lève sur notre troisième jour de réclusion. Nous sommes résignés à attendre. Que faire d'autre ? Nous commençons à envisager l'avenir proche avec inquiétude. Même si on vient nous dégager aujourd'hui, la neige n'est pas près de fondre sur les pistes, et je doute que quiconque veuille fournir le travail nécessaire à leur dégagement. En bref, notre stage est à l'eau. C'est le président de Malzéville qui va être content : 1 500 kilomètres par la route pour à peine trente minutes de vol, beau résultat !

Nous occupons la matinée à pelleter autour des remorques. Heureusement, le soleil est généreux et nous assiste dans notre corvée. Bientôt, un espace est dégagé entre les remorques et le hangar dans lequel se trouve notre Pégase. Peu avant midi, le président du Pic arrive en véhicule tout terrain. Enfin des nouvelles ! Il nous explique le capharnaüm provoqué par les chutes de neige dans la vallée, l'insuffisance des moyens de dégagement, les routes bloquées par les téméraires qui ont malgré tout tenté de se déplacer… Il va de soi que notre cas personnel était loin d'être une priorité.

Nous confirmons ensemble le sort de notre stage : c'est cuit ! Il va se passer encore plusieurs jours avant que l'activité vol à voile ne reprenne, et la fin de semaine est proche. Dans l'après-midi, un tracteur équipé d'une lame dégage la route : nous sommes libres ! Nous décidons de démonter notre planeur et de le ranger dans sa remorque. Il est ainsi prêt à rentrer à la maison.

Le lendemain, nous sommes tous d'accord pour finir ce séjour sur une touche un peu moins triste. Nous prenons donc la route, direction la côte : les Lorrains vont voir la mer ! Bon, la mer, en hiver, c'est quand même pas la joie. Mais un des gars de Pont-Saint-Vincent, à la suite d'un pari stupide, décide quand même de tenter un bain rapide. On s'en doute, elle n'est pas chaude, mais le pari est gagné ! Nous faisons contre mauvaise fortune bon cœur, car si les activités aéronautiques nous ont été dérobées, l'aventure est quand même au rendez-vous. Le soir, nous nous rassemblons pour un repas d'adieux, sans vraie tristesse car, après une semaine à patauger dans la neige, nous ne serons pas mécontents de rejoindre le pays du froid.

Il y a exactement une semaine, nous roulions cap au Sud. Nous voilà à nouveau sur la route, suivant le cap opposé. Philipe a décidé de faire escale à Saint-Rémy-de-Provence. Nous y retrouvons sa sœur qui est instructrice dans le club local. Nous racontons nos mésaventures, puis après le repas, nous prenons la route vers Lyon. Nous choisissons de passer la nuit au club de Corbas, où Philippe a fait ses premières armes.

Au petit matin, le traditionnel mouvement de clé de contact n'occasionne qu'un pauvre cri plaintif de la part de notre démarreur. Le froid a eu raison de la batterie. Nous finissons par trouver une solution au problème… Mais là, trop, c'est trop ! De quel droit le sort s'acharne-t-il ainsi sur notre pauvre petite expédition ? L'ambiance se dégrade un peu, mon humeur aussi. Mais il faut s'accrocher, notre port d'attache n'est plus très loin. Nous rejoignons enfin Nancy dans l'après-midi. Evidemment, les principaux protagonistes de nos discussions préparatoires à la réalisation de cette équipée sauvage sont là. Les visages arborent de petits sourires en coin. « Alors, ça a volé ? » Quelle question ! Ils ont dû voir l'étendue du désastre aux informations nationales, et se doutent bien du résultat ! Nous leurs racontons brièvement notre histoire, et les sourires se changent rapidement en gros éclats de rire devant autant de poisse !

Nous nous retrouvons bientôt devant une bière – une Jenlain, bien sûr ! – pour donner plus de détails et continuer à amuser la galerie à nos dépens. Personne ne nous reprochera quoi que se soit, et nous en seront très reconnaissants. Il faut avouer que, malgré les risques encourus, tout est bien qui finit bien !

JUSQU'AU BOUT SUR NOTRE DAUPHIN !

Le vin de Loupiac, ça vous dit quelque chose ? Ce vin est produit dans la région du Sauternais, à environ quarante kilomètres au sud-est de Bordeaux. Classée en A.O.C., la zone de production du Loupiac correspond à une superficie de près de 420 hectares, répartis entre soixante-dix producteurs environ. Seules les vignes de coteaux ont droit à l'appellation « Loupiac ». La production annuelle n'atteint, en moyenne, que trente-cinq litres par hectare. Les vins de Loupiac sont issus de cépages blancs tels que la muscadelle, le sauvignon et le sémillon, vinifiés en blanc moelleux ou liquoreux. Les grappes sont vendangées à la main, au moment où elles arrivent à surmaturité. Le Loupiac peut se conserver très longtemps, entre cinq et quinze ans selon le millésime. Il se marie à merveille avec le foie gras, et se laisse aussi déguster en apéritif.

Je suis, depuis six mois, élève pilote sur la base de Cognac. En arrivant dans la région, je me suis inscrit à l'aéroclub de Pons-Avy, où je vole sur DR221 et D112. J'y savoure le plaisir de pouvoir voler à ma guise, sans avoir un programme établi à l'exercice près, des trajets prédéfinis et un instructeur dans le dos pour rentabiliser tout ça. Un peu de poésie ne peut pas nuire à l'aéronautique, tout de même'!

J'ai, dans ma promotion, un camarade dont le père est boulanger à Loupiac-de-Cadillac. Pour moi qui suis originaire de Lorraine, rien que le nom de ce village appelle à l'exotisme. Ainsi, quand nous nous y rendons et que le boulanger nous sort des bouteilles de Loupiac datant de la naissance de ses enfants, je crois défaillir ! C'est la première fois que je goûte un vin aussi vieux. Conquis par les charmes du Loupiac, je profite de la visite que nous réalisons dans l'une des caves du village pour acheter plusieurs cartons de rouge et de blanc, avec la ferme intention de partager ces bons produits de la terre avec ma famille, en Moselle. Mais voilà, la Moselle, c'est loin ! Surtout en train. Je ne me vois pas faire ce trajet avec changement à Paris en métro, un carton de douze bouteilles de vin sous chaque bras...

C'est ainsi que l'idée me vient de faire l'aller-retour Pons-Avy - Nancy - Essey avec l'un des avions de l'aéroclub. Comme je préfère les trains classiques, j'opte pour le DR221 Dauphin. Vu ses performances, l'aller-retour est même faisable dans la journée, c'est-à-dire en un peu plus de cinq heures de vol. En vol à voile, il m'est déjà arrivé de rester en l'air plus de huit heures. Passer tout mon temps dans un avion ne m'effraie donc pas, bien au contraire. Le problème, c'est que nous sommes en janvier : à cette période de l'année, les journées ne sont pas très longues. Pour être tout à fait exact, je dispose de neuf heures et quarante minutes de jour, auxquelles s'ajoutent les « plus 30 » liées à la réglementation concernant les vols de jour. Ce qui fait, au total, dix heures quarante minutes utilisables. Comme j'aimerais quand même passer un peu de temps avec mes parents – le repas de midi par exemple – et que le délai de route est de l'ordre d'une heure, il va falloir jouer serré !

Je réserve donc le F-BPKM pour la journée du samedi 30 janvier. Dans la semaine, en attendant de savoir quel temps, et surtout quel vent il va faire, je prépare un trajet en direct dans les deux sens. A cette époque – c'était il y a vingt ans, mine de rien ! –, il n'était pas aussi facile d'avoir une prévision météo en avance. Je me renseignerai sur les évolutions la veille, et j'adapterai mon vol en fonction.

Le vendredi soir arrive, et la prévision n'est pas à la hauteur de mes attentes. Une perturbation doit passer dans la nuit de vendredi à samedi. La journée de samedi serra sous l'influence d'une traîne active avec de forts vents de Nord Ouest. Voilà qui devrait faciliter le trajet vers Nancy, mais beaucoup moins le retour vers Cognac ! Des grains sont également prévus sur le trajet… Le vol promet d'être intéressant. Cette situation présente quand même un avantage : la visibilité sera excellente entre les grains. Je me couche donc sur cette idée-là, en prévoyant de me lever aux aurores, et même plus tôt…

06 h 30 : le réveil m'envoie une bonne gifle. Je suis seul dans ma chambre de six, tous mes camarades élèves pilotes sont partis en permission. C'est vrai qu'il faut être c.. pour rester le week-end sur une base aérienne… Je reprends mes esprits rapidement. Ma mission du jour s'avère plus palpitante que de faire des tours de piste à Cognac : je vais traverser la France ! Je grignote rapidement quelques biscuits en guise de petit déjeuner. En sortant, je constate que la météo ne s'est pas trompée. Le vent souffle fort et les nuages filent assez bas. Je quitte la base en direction de Pons. J'arrive à l'aéroclub, j'ouvre les portes du hangar et sort l'avion. Je fais le plein complet aux premières lueurs de l'aube. Je passe un coup de fil au bureau météo pour confirmer la situation : ciel de traîne active sur tout le trajet. Je sors les cartons de Loupiac de la voiture pour les brêler tant bien que mal à l'arrière de l'avion.

08 h et quelques : je décolle. Le ciel est déjà bien clair à l'Est, même si le soleil n'est pas encore visible. A peine en vol, je me dis que ça va être physique. Les turbulences,

modérées à fortes, sont au rendez-vous. J'envisage à un moment de monter, mais les nuages sont présents à tous les étages que peut parcourir mon Jodel : il sera plus simple de rester en basse altitude. Tant pis pour le vin, il va falloir qu'il supporte le mode essorage ! Un bon point cependant : le vent souffle d'Ouest à 20-25 kt. Je file bon train !

Une arrière pensée me vient malgré tout à l'esprit : si jamais ça ne se calme pas d'ici ce soir, le retour s'annonce plus délicat. Chacun sait que le temps perdu ne se rattrape jamais. En effet, un rapide calcul vous confirmera que lors d'un trajet effectué en aller-retour avec un vent constant – par exemple de face à l'aller et arrière au retour –, le temps perdu à l'aller n'est pas rattrapé au retour...

La navigation se poursuit sans histoires. Certes, le plafond est un peu bas de temps en temps, mais rien qui pose problème en volant à 500 pieds sol. 11 h et des poussières : je me pose à Nancy. Mon père est là à m'attendre. Je lui passe les cartons de pinard par-dessous le grillage. Je pense que de nos jours, ce genre d'agissement serait classé dans la catégorie « terrorisme » par nos législateurs ! Je fais le plein de la bête ras la gueule, car je vais en avoir besoin. J'ai déjà préparé une escale à Limoges pour ravitaillement au retour, et même avec ce choix, je n'ai pas une grosse marge de carburant.

Mon père me conduit à la maison à soixante kilomètres de là, et nous entamons le repas familial. La conversation va bon train. L'Epsilon, la Charente, l'armée de l'Air, tout y passe... Mais pour moi, ce qui passe le plus, c'est le temps ! Le repas sera pourtant court, surtout pour mes parents qui ne me voient plus très souvent. Une heure après notre arrivée, nous reprenons la route vers Nancy.

14 h 20 : je redécolle. Un passage rapide à la météo m'a confirmé le problème : le vent n'a pas faibli. Verdict sans

appel : je vais me poser à Limoges moins d'une heure avant le coucher du soleil. De là, il me restera encore une bonne heure de vol, sans parler du ravitaillement et quelques formalités sur place.

S'installe alors en moi un processus pervers qui pourrait bien me conduire à ma perte. Je sais que l'avion a été réservé pour le lendemain, il faut donc à tout prix le ramener au nid ce soir. Toute ma capacité de raisonnement est employée à résoudre ce problème, qui pourtant n'a qu'une solution simple : arrêter les frais. Oui, mais voilà, mon jeune âge et ma faible expérience me font contempler les éléments par le petit bout de la lorgnette. « Si je ne ramène pas l'avion, qu'est-ce qu'ils vont dire ? »

Peu après 17 h, la situation m'a déjà tellement mis à côté de mes pompes que j'en ai du mal à trouver le terrain de Limoges. La sérénité a abandonné l'avion depuis bien longtemps et me regarde filer avec un air triste et résigné. Je dois faire appel au gonio – merci les contrôleurs ! – pour arriver en finale en perdant le moins de temps possible. Je me pose et roule vers les pompes à essence. Ce plein ne sera pas de trop : je commençais à taquiner les réserves ! Sans me rendre compte que je viens déjà d'éviter un accident potentiel, je ne prends même pas le temps de pousser un ouf de soulagement. Et oui, pour moi, l'impératif est toujours le même : il faut ramener l'avion. Je suis tellement obsédé par cette idée que je demande la mise en route vers Cognac tout naturellement. Le contrôleur marque un temps d'arrêt et me donne la mise en route, en me rappelant l'heure de coucher du soleil : 18 h 03.

17 h 40 : je décolle de Limoges. Le soleil est déjà bas sur l'horizon. Quand je quitte la fréquence, je sens au ton employé par le contrôleur qu'il n'en pense pas moins. Il va me falloir une stratégie béton si je veux arriver à mes fins.

Pendant l'étape précédente, malgré ma viscosité mentale liée aux impératifs que je me suis moi-même fixés, j'ai commencé à réfléchir à la question. Mon Jojo est équipé d'un récepteur VOR, et le terrain de Cognac d'une balise. Une rapide mesure réalisée grâce à la règle de l'amiral Jean Cras – il paraît qu'à la fin de sa vie, il est devenu dingue… – me donne un radial 238 pour 10 nautiques. Il faut que j'assure une bonne verticale. Ensuite, le cap corrigé de la dérive ne devrait pas m'amener trop loin sur une distance pareille. Je me rappelle avoir vu une belle lune dans le ciel des nuits précédentes. Avec la visibilité qu'il y a aujourd'hui, la nuit devrait être très claire. Enfin, la ville de Pons située juste au nord du terrain est dominée par un magnifique donjon en pierre blanche qu'il est difficile de rater, même de nuit.

Je continue donc confiant – même si ce n'est peut-être pas le mot juste ! Le soleil se couche bien avant que je n'arrive à Cognac. Je morpionne mon VOR pour ne pas rater la verticale. Malgré tout, passé un temps d'adaptation, j'arrive à distinguer les principaux repères au sol. Je passe Angoulême que j'identifie à vue sans problème, puis la Charente qui brille de reflets lunaires. La verticale de la base de Cognac ne présente pas de souci non plus… Ensuite, ça s'assombrit nettement plus.

Je colle à mon cap comme je ne l'ai jamais plus fait depuis. La trotteuse du chrono défile, et soudain, au détour d'un nuage qui laisse échapper un flot de lumière blafarde, la ville de Pons surgit droit devant ! Mon regard fouille les champs sur ma gauche, à la recherche du Graal. Rapidement, je vois les hangars, la piste est juste à côté, il y a largement assez de repères visuels pour se poser en toute sécurité. Tiens ! C'est bizarre, il y a encore de la lumière au club house. Qui donc peut bien être encore là à une heure aussi tardive ?

Le tour de piste est une formalité, malgré le vent toujours aussi fort. Je me pose et roule tranquillement vers le hangar. Là, je suis soulagé. L'avion est à bon port, et en un seul morceau ! Bon, j'ai bien un peu égratigné un ou deux règlements, mais la fin justifie les moyens. Tiens, en m'approchant des bâtiments, je distingue une silhouette qui fait les cent pas sur le bitume. Il s'agit de Didier, le chef pilote… Des années de patrouille maritime et autant d'aéroclub, du Neptune, du DC3 : Didier est une légende. Vingt ans après, ses premiers mots raisonnent encore à mes oreilles : « T'auras pas les félicitations du jury, et en particulier pas les miennes ! » Ma joie à peine née se désintègre instantanément en mille miettes. Je sors de l'avion sans piper un mot. « Tu vas payer tes heures de vol et tu viens me voir ! » L'ambiance n'est pas partie pour se réchauffer…

Dans le club house, quelques retardataires sirotent une bière. Ils me saluent, l'air goguenard. Je fais un gros chèque pour couvrir mes sept heures de vol, en déduisant les pleins faits en route. Didier me prend à part, et m'assène une leçon de morale dont les fondements ne m'avaient pas effleuré jusque-là. La météo, qui m'a certes permis d'atterrir de nuit, aurait très bien pu, vu la situation, se changer en un bon passage de grain dans lequel j'aurais eu bien du mal à retrouver le terrain. Le vent, proche des limites de l'avion – c'est quand même un train classique – a soufflé en rafales toute la journée et aurait bien pu forcir encore un peu à mon arrivée. Et mieux encore : les conséquences sur ma carrière naissante de pilote militaire ! Je dois reconnaître que je commence tout juste à mesurer l'étendue de ma bêtise. Je me suis enfermé dans mon obstination sans douter un instant de ma capacité à réussir mon coup. J'ai tout simplement eu beaucoup de chance.

Le chef se retire, la tempête se calme, mon cas sera jugé à la prochaine réunion du bureau. Je risque une interdiction de vol, au moins. Mes camarades d'infortune m'invitent à partager une petite mousse, ce n'est pas de refus ! J'apprends en discutant avec eux qu'ils ne sont pas là par hasard : ils attendaient des nouvelles depuis un bon moment. Et vu l'heure avancée, ils se préparaient mentalement au pire. Voyant que j'ai un peu de mal à décoincer après la remise dans l'axe, les plaisanteries fusent. Au bilan, je m'en tirerai avec quinze jours d'interdiction de vol, pour la forme, et sans rancune. En attendant, depuis ce jour – ou plutôt cette nuit –, j'ai accompli un paquet de vols de nuit, en basse altitude, en vols logistique, dans les deux hémisphères. Et bien je crois qu'à peu près à chaque fois, j'ai eu une petite pensée pour ce vol qui aurait pu se finir beaucoup moins bien.

PILOTE DE TRANSALL
(1987-2004)

S'IL N'EN RESTE QU'UN

Le 16 octobre 1991, après quasiment trente ans de guerres dans le pays, le Conseil de sécurité de l'ONU crée la Mission préparatoire des Nations unies au Cambodge, la MIPRENUC. Le pays est ravagé. Il faut stabiliser la situation afin de préparer des élections dignes de ce nom. La totalité des forces de l'ONU présentes sur le territoire atteint 1 500 personnes, dont 180 Français entourant deux Transall et huit Puma. Cette première opération est prolongée par l'APRONUC jusqu'en novembre 1993. Pendant toute cette période, il s'agit d'assurer la relève des équipages et des avions vers un pays distant de 10 000 km de la France. Connaissant la capacité logistique du Transall, c'est assez ambitieux !

D'autant plus ambitieux que le COTAM* a décidé de nous faire parcourir le trajet en deux jours… soit trente heures de voyage à réaliser en seulement 48 heures – il parait que les journées ne font que 24 heures, un casse tête éternel pour les grands planificateurs. La balade s'organise habituellement de la manière suivante :

Jour 1 : Orléans – Iraklion – Djibouti
Jour 2 : Djibouti – Colombo – Bangkok

Compte tenu du trafic – euphémisme qui désigne un bordel sans nom ! – sur le parking de Phnom Penh, la relève se fait à Bangkok.

Il va de soi qu'un tel périple ne peut s'envisager avec un équipage standard composé de deux pilotes, d'un mécanicien navigant, d'un navigateur et d'un chef de soute. On utilise donc des équipages renforcés. L'équipage assurant la relève est accompagné d'un autre équipage. Ce dernier ne reste pas sur place : il fait le trajet retour avec l'équipage relevé. Il ne faut pas oublier que le Transall n'est pas exactement un outil voué à la relaxation. L'équipage de « repos » a donc toutes les peines du monde à croiser Morphée dans le cargo – faites gaffe, au fait, c'est un mec ! Le bruit est impressionnant, et les vibrations très pénibles à la longue.

Voilà donc le décor planté pour nous retrouver en avril 1992 à Evreux, sur la base aérienne 105. A cette période, je viens d'être qualifié pilote opérationnel. Un titre bien pompeux pour dire qu'on commence à me faire confiance ! Prochaine étape : la qualification commandant de bord. Cette qualification a du bon. On peut se retrouver à deux pilotes opérationnels, avec un navigateur pour commandant de bord. Pour résumer, cela signifie que les deux pilotes « branlent le manche » pendant que le nav assume les décisions et se tape les paperasses ! C'est une bonne situation pour vieillir confortablement.

Bien que « lâché » sur l'avion, mon ancienneté ne me permet pas de réclamer les missions qui me plaisent. Je me contente de constater ce que la bienveillante main du chef pilote a pu inscrire sur la ligne qui fait face à mon nom.

Or, ce jour-là, surprise ! En face de mon nom, et commençant le 26 avril, ne figure pas une destination mais une région de France : Anjou. Il s'agit en fait de l'escadron adverse, le nôtre étant le Béarn. Le chef pilote dudit escadron me donne plus de détails sur la mission. J'apprends en deux mots que je suis désigné comme membre de l'équipage de renfort qui assure la prochaine relève au Cambodge. Chouette ! Je ne suis jamais allé dans ce coin-là !

Je vais donc assurer une étape sur deux à partir d'Orléans. Nous en profiterons aussi pour relever un avion : nous descendrons le F13 et ramènerons le F89. Ces avions sont peints en blanc pour l'occasion... Il faudra faire des photos !

Vu la taille de l'équipage, la préparation est vite envoyée et nous décollons d'Orléans le 27 avril. Dès le début du voyage, l'ambiance prend une allure de grand prix. En effet, le commandant de bord, surnommé Dédé, s'il est d'un naturel plutôt agréable, a cependant un caractère très affirmé. Ce qui n'est pas sans déplaire au mécanicien navigant principal, Nanard – surnommé Le vieux, ou alors Le grand désagréable, ou bien encore, mais plus tard dans sa vie, Ramsès. Bref, j'évite les échauffourées... Après tout, je ne suis qu'un élément rapporté pour l'occasion. Eux partent pour au moins deux mois !

Techniquement, les choses ne se passent pas trop mal. Le moteur gauche perd bien un peu d'huile, mais comme disent les mécanos : si ça fuit, c'est qu'il y en a ! Arrivés à Djibouti, on se fait quand même un peu de souci concernant l'impressionnante traversée qui nous attend le lendemain : Djibouti - Colombo, soit 4 000 km, dont presque 3 500 au-dessus de la patouille. Avec un bimoteur... Nous confions la bête aux mécaniciens sol de l'escadron de Djibouti. Après une analyse rapide, le verdict tombe : tout baigne, rien à signaler. Après un petit poisson chez le Yéménite – servi dans du papier journal, mais quel délice ! –, nous allons nous coucher : la journée de demain sera longue.

Le lendemain, stupeur ! Notre moteur droit a laissé une belle flaque d'huile sur le parking. On ne peut tout de même pas partir comme ça. Les mécaniciens sol et les navigants se mettent sur l'affaire : points fixes, démontages, discussions, bilan... Ca fuit plus quand ça dort que quand ça tourne. Décision : on y va. Qui a peur est un peureux !

Je suis de repos sur cette première étape. Je reprendrai mon poste pendant les repas de l'équipage, et à partir de Colombo vers Bangkok. Au bout de deux heures, nous sommes au-dessus de l'eau, et la routine s'installe. Une routine malgré tout ponctuée de coups d'œil appuyés vers l'indicateur de pression d'huile.

C'est évidemment au milieu du parcours que les choses se précisent : la pression d'huile, qui marquait déjà une tendance à la baisse, se met à chuter précipitamment, à tel point que la procédure d'arrêt moteur doit être appliquée – il vaut mieux un moteur arrêté qu'un moteur serré. La partie mécanique se passe sans problème, les heures d'entraînement et la formation au CIET* de Toulouse sont là pour ça. C'est la suite qui est plus intéressante. D'une part, comme on peut s'y attendre, le moteur restant, à qui on demande maintenant la PMC*, a une petite tendance à chauffer. C'est normal, mais malgré tout, on se met à le surveiller et à l'aimer de tout son cœur, ce moteur. Objets inanimés, avez-vous donc une âme ? Dans le cas de notre Tyne 22 ce jour-là, la réponse est oui, sans conteste !

L'autre partie rigolote de l'affaire, c'est qu'il faut décider de la suite des opérations, et annoncer tout ça au contrôle. Décidément, l'expérience va bien me servir pour mon futur examen de commandant de bord. Pour la décision, c'est plutôt vite fait. On a passé le point critique, et le terrain le plus proche est à présent… Malé, aux Maldives ! Oui, ça fait un peu rêver, et ça compensera aussi les emmerdements à venir.

Maintenant, il faut prévenir nos potes indiens du contrôle aérien. Et là, c'est loin d'être triste. Toutes les communications se font en anglais, bien sûr, mais aussi en gamme de fréquence HF*. Une gamme dont la qualité dépend de l'heure du jour, de la position sur la sphère terrestre, des perturbations solaires, et d'un tas d'autres trucs divers et variés. En bref, une veille HF, ça abîme bien les oreilles, voire même un peu plus profond. Tenter de communiquer autre chose qu'une position ou un message météo devient très vite une démarche agaçante !

Dédé finit par faire comprendre ce qui nous arrive. Enfin, c'est ce qu'on pense, parce que le gugusse à l'autre bout n'a pas l'air plus ému que ça. Ce n'est pas qu'on voudrait un tapis rouge, mais il ne nous reste quand même plus qu'un moteur ! Je sais, des monomoteurs légers en convoyage traversent l'océan Atlantique et d'autres espaces inhospitaliers tous les jours. Mais nous, on n'en a pas l'habitude. Il faut dire aussi qu'à cette époque, on avait une façon un peu légère d'annoncer les problèmes. Là où un « PAN PAN », voire même un « MAYDAY » aurait été de bon ton, il n'était pas rare d'entendre des récits plus ou moins épiques, racontés parfois même avec fierté – on est pas des gonzesses, quand même ! – et, en tout cas, assez peu de formalisme ! Ce qui explique certainement l'attitude de notre contrôleur. Le sac de nœuds va finalement se délier en changeant la manière d'énoncer notre souci, et ce à l'initiative dudit contrôleur.

Lui : « Confirm you have three engines remaining ? »

Nous (en interne) : « Il est con, ou quoi ? »

Nous (à la radio) : « Negative Sir, I confirm we are a C160, a Transall, and we have ONLY ONE engine remaining ! »

Lui : « OK, I had understood that you were a C130 ! »

Ouais bon d'accord, un C130 ressemble vaguement à un Transall, mais en beaucoup moins beau !

Là, au moins, les choses s'accélèrent. On sent que l'individu est un peu plus concerné par nos problèmes. On l'entend même communiquer avec les Maldives : on va y être attendus. En effet, trois heures et demie de monomoteur plus tard, dont trois heures de nuit, on arrive à Malé avec un comité d'accueil digne des grands jours : camions de pompiers, ambulances... Ça clignote comme à Noël ! La tête comme un compteur à gaz, on n'est pas fâchés de couper les – pardon –, LE moteur !

Mais les problèmes sont loin d'être finis. Malgré les apparences, le COTAM ne nous a pas envoyés ici en villégiature. Les mécanos ouvrent donc les capots, et constatent rapidement que le Gremlin se trouve au niveau du démarreur. Le joint entre le démarreur et le moteur, qui devait fuir depuis le début, a finalement décidé de tout lâcher au milieu de l'océan Indien ! C'est désormais au commandant de bord de jouer. A lui de trouver un moyen de transmettre au COTAM le fameux message de dépannage. Dans le cas présent, le réseau SITA* utilisé par les compagnies aériennes facilite bien les choses. Le message doit être aussi précis que possible, de façon à déclencher un dépannage efficace. Dans le cas présent, étant donné que la pièce peut tenir dans une (grosse) enveloppe, et que nos mécaniciens peuvent assurer le démontage eux-mêmes, le COTAM aura recours à l'AOG*, une procédure qui donne toute priorité au transport d'un bout de ferraille – ou de caoutchouc dans notre cas – ayant la capacité de refaire voler un avion rapidement. Une fois le message envoyé, il n'y a plus qu'à attendre la réponse de Paris – Villacoublay plus exactement – pour savoir quand la pièce doit arriver, et s'il est décidé de modifier la mission – dans notre cas, c'est vite vu, je vous rappelle qu'on nous attend de pied ferme au Cambodge. Il ne reste donc plus qu'à trouver un endroit où passer la nuit, ce en quoi les autorités locales nous assistent grandement.

Et là, nouvelle surprise : on nous fait prendre un bateau pour aller à l'hôtel ! Bon, c'est vrai que lors de l'atterrissage, malgré la nuit, on avait bien vu que la piste se trouvait sur une île, pas très grande d'après les cartes. En fait, l'île n'abrite que l'aéroport. Le bateau nous emmène donc vers une autre île, entièrement occupée par les habitations de la capitale. L'hôtel dans lequel nous passons la nuit n'étant pas de première qualité, il est décidé le lendemain d'en trouver un autre. Et là, rebelote, seconde balade en bateau. Chaque hôtel occupe une île entière ! Ca à l'air paradisiaque, comme ça. Bon, ça l'est quand même, il ne faut pas faire le difficile. Mais moi, je préfère la montagne. Le tour de l'île est expédié en une demi-heure. Le centre de l'île est envahi par les bungalows de l'hôtel. En cette basse saison, nous sommes les seuls sur le site. Reste donc, dans l'ordre : la baignade et les visites des fonds en apnée (génial !), les révisions de mon futur examen théorique commandant de bord, les frasques et autres pantalonnades des différents membres d'équipage. Car voyez-vous, les gens qui volent sont bien souvent des caractériels doublés d'égoïstes. Dans notre cas, on a l'immense avantage de détenir deux spécimens particulièrement représentatifs de la population. Exemple : chaque soir, notre glorieux commandant nous donne les dernières nouvelles et les prévisions pour la suite. Pour moi, en général, c'est assez simple : j'attends que ça tourne et je m'assois aux commandes. Ce soir-là, nous sommes devant la télé à déguster – le mot est un peu fort – une bière locale. Dédé le CDB arrive avec les nouvelles et se place devant la télé en baissant le son pour pouvoir parler. Nanard le vieux mécano se lève, bouscule le Dédé et remonte le son. Lequel Dédé s'éloigne en jurant : puisque c'est comme ça, démerdez-vous ! C'est aussi ça, la vie en équipage. Et dire que ces deux-là sont partis pour cohabiter pendant deux mois…

Le joint finit enfin par arriver. Cinq jours après notre atterrissage à Malé, nous sommes prêts à décoller. La nuit est tombée. Je suis assis à gauche, assurant les fonctions de pilote aux commandes – ou pilote en fonction ou encore, pour les Bretons, pilot flying. Dédé le CDB est sur la banquette, François est en place droite et demande le roulage à la radio. On se dirige vers la piste lorsque soudain, plus de son, plus d'image : le balisage lumineux s'éteint ! Sans que ce soit un vrai problème technique – il y a de la lune –, il n'est pas prévu de se déplacer sans aucune aide lumineuse... Donc petite question au contrôle : « C'est quoi, ce bazar ? » Réponse simple et à peine embarrassée : « C'est la panne ! Vous n'allez pas pouvoir partir ! »

Là, je sens que mon Dédé n'est pas du tout disposé à repasser une nuit sur les lieux. L'ambiance est devenue électrique dans le groupe – tiens, on pourrait peut-être les aider avec leur panne ! – et il est prêt à tout pour partir tout de suite. Dédé : « Comment on dit « sous notre propre responsabilité » ? » Nous : « Euh, essaye « on our own responsibility » pour voir » !

Après avoir insisté un peu, me voilà roulant le Transall dans l'obscurité, pour l'amener en bout de piste, et décoller dans un climat d'économie d'énergie qui servira peut-être un jour à ces îles au ras de la mer.

Huit heures plus tard, nous sommes à Bangkok. L'atterrissage se fait à côté des golfeurs qui ont annexé l'espace situé entre les deux pistes parallèles. Pas très courant, un golf sur un aéroport ! A Villacoublay, il y en un à côté de la piste. Un jour, une balle bien envoyée est allée heurter la pale d'un Nord 262 au point de manœuvre. Personne ne sait si elle a fini dans un trou, mais elle a dû y aller en battant un record de vitesse !

Arrivés à l'hôtel, on retrouve l'équipage de Jeannot, pas fâché de nous voir arriver. Ca doit faire dix semaines qu'ils sont sur le chantier, et notre petite escapade les a moyennement amusés. Nous, l'équipage de renfort, nous reposons à peine avant de réembarquer pour la même promenade, mais à l'envers – mais non, pas sur le dos ! – sans même voir le Cambodge. Ce n'est que partie remise : huit mois plus tard, j'y serai de retour pour un séjour de neuf semaines et demie. Mais c'est une autre histoire…

JE N'ARRIVE PAS À ENQUILLER !

De toutes les qualifications qu'on peut passer sur une machine volante, il en est une un peu particulière qui garde une aura sulfureuse : le ravitaillement en vol. Il existe deux méthodes principales pour ravitailler en vol :

• Le « boom and receptacle » : l'opérateur, situé dans le ravitailleur, manœuvre une perche rigide qu'il dirige vers le réceptacle situé au-dessus du fuselage de l'avion ravitaillé. Celui-ci tient une position de formation serrée derrière l'avion ravitailleur. Cette méthode est utilisée principalement par l'US Air Force.

• Le « probe and drogue » : le ravitailleur laisse pendre un tuyau souple au bout duquel se trouve un panier. Le ravitaillé dispose d'une perche fixe qu'il doit venir enquiller dans ce panier. C'est la technique utilisée par l'US Navy et la plupart des avions français.

Sur Transall, nous utilisons donc cette dernière technique du « probe and drogue ». L'évocation de ce sujet n'est jamais anodine. Vous rencontrerez toujours des « *kings* du ravito » qui vous diront qu'ils font 100 % à chaque fois, merci bien et au revoir. D'autres compareront l'exercice à un atterrissage, affirmant que ce n'est pas plus difficile. Mais enfin, il faut quand même se rendre à l'évidence : un atterrissage raté, et même vraiment raté se finit la plupart du temps au sol, en un seul morceau. Si non, on appelle ça un accident !

Alors que si l'on rate de manière définitive l'approche du panier – lorsque « c'est pas dedans », comme on dit –, il faut penser à annuler la mission et se dérouter. Quand j'entends « tout le monde y arrive ! », j'ai envie de répondre : « Oui… presque tout le monde ! »

Comment se déroule une mission avec ravitaillement en vol ? Tout commence par une procédure de rendez-vous. Et oui, il faut bien que ces deux avions, qui n'ont pas forcément décollé du même aérodrome, finissent à quelques mètres l'un de l'autre.

A l'époque, cela doit se faire sans GPS. Nos procédures d'alors utilisent le radar météo, qui interroge une balise située dans l'autre avion. Ce n'est pas toujours évident, surtout avec des météos un peu tangentes. Ensuite, le ravitaillé se place par le travers du ravitailleur dans une position appelée la « perche ». Dans cette position, on commence à afficher une puissance précalculée en fonction de la masse avion, et on tient la position au moyen des aérofreins. Quand tout est stable, cette position des aérofreins est soigneusement notée comme référence pour plus tard. Il faut alors se décaler vers l'arrière du ravitailleur, pour rejoindre la position d'observation. Quand l'équipage du ravitailleur nous en donne l'autorisation, le rapprochement peut commencer.

Au cours du rapprochement, la perche ne doit pas obnubiler l'équipage. Il convient même de l'ignorer pendant tout le début de cette phase. On tient simplement une position de référence entre le panier et un repère sur l'avion ravitailleur. Il s'agit d'un vol en formation, ni plus ni moins. C'est vers la fin de cette phase que le changement s'opère et que les choses se compliquent. Pour amener la perche dans la zone où l'introduction dans le panier est possible, il faut que l'approche soit stable et les repères bien tenus.

On peut alors se focaliser sur la perche et la diriger, avec des mouvements souples et coordonnés, vers l'entonnoir du panier. Comme ça, ça a l'air facile. Qu'est-ce qui pourrait mal tourner ? Et bien pas grand-chose ! En approchant avec la bonne vitesse relative, on sort à présent la dose d'aérofreins de référence, et il ne reste plus qu'à tenir la position du transfert – ce qui peut durer parfois plus de dix minutes. Mais voilà, parfois, quand on approche un peu vite et qu'on rate le panier, l'avion ravitailleur grossit bougrement vite… C'est ainsi que des hélices ont déjà « mangé » des paniers, projetant les baleines en acier dans tous les sens, y compris vers le fuselage !

Autre danger : un contact un peu brutal et désaxé peut arracher le bout de la perche – appelé le « gland », allez savoir pourquoi –, rendant ainsi tout transfert de carburant impossible. Sans parler des approches « banzai », interrompues plus ou moins tôt. Ces dernières laissent des cheveux blancs à tout l'équipage – du ravitaillé en tout cas, car dans le ravitailleur, il n'y a que le navigateur qui observe dans l'œilleton du cinémodérivomètre. Des histoires dans le même genre, il y en a ! Généralement, on en rit après. Le gland en question trône quelques temps sur le bar et la victime – de son propre pilotage – doit se ruiner et essuyer les quolibets des camarades. Mais dans l'instant, c'est quand même assez intense !

Voilà donc l'ambiance dans laquelle je me prépare, en 1992, à aborder cette épreuve du ravitaillement, alors que je suis pilote opérationnel et que je totalise un peu plus de 1 100 heures sur la machine. La théorie relative à cette mission n'est pas compliquée. Elle inclut cependant différentes données techniques, qu'il convient de connaître : les particularités des systèmes carburant liés au ravito, la spécificité

▲ *Belle performance avec le Pégase B175* (page 41)

Direction la Meuse à bord
▼ *du Sicile* (page 55)

Trésor inouï : la dérive du
▼ *Messerschmitt Bf 109* (page 15)

Vezon croyait que Mir lui tombait sur la tête

Les habitants de Vezon, près de Metz, ont cru que les morceaux de la station Mir leur tombaient sur la tête ! Une pluie de quatre-vingt-trois leurres antimissiles, largués par erreur d'un Transall qui venait de décoller de la BA 128 de Metz-Frescaty, s'est abattue, hier matin, sur leur village. L'armée de l'air a ouvert une enquête sur cet incident jugé « rarissime »

▲ *Le DR221 Dauphin, transporteur*
de Loupiac (page 71)

▲ *Les leurres disséminés par notre*
Transall font la Une ! (page 145)

L'Astir FCFCV, qui m'a fait vivre ma première vache ! (page 33) ▲

▲ *Le Transall, en dépannage sous le soleil de Malé* (page 83)...
ou sous la neige à Saint-Pierre (page 111) ▼

▲ *Sueurs froides lors de mes
premiers enquillages !* (page 93)

Ma Citroën GSA, au pied des Alpilles après l'aventure ▲
du Pic Saint-Loup (page 61)

Le Transall dans son élément. Ici à Natitingou (Bénin) en 1992 ▲

de la gestion carburant, les performances et les courbes de
rétablissement qui prennent en compte le « jetisson ». Et oui,
alors que la masse maximum au décollage (structurale) est
de 49 150 kg, celle en fin de ravitaillement peut atteindre
54 tonnes ! Il vaut donc mieux être capable de revenir à des
valeurs plus raisonnables assez rapidement !

Ma qualification se poursuit ensuite avec un stage d'une
semaine sur simulateur à Toulouse Francazal. Là, les choses
sérieuses commencent. Même si le simu ne peut être complètement fidèle à la réalité, il permet de dégrossir tous les
mécanismes de l'approche, ainsi que les derniers instants
qui précèdent le contact. Pour ce qui est du contact lui-
même, cela ne correspond donc pas tout à fait à la réalité…
Malgré tout, l'exercice s'avère assez « intéressant ». Comme
disait un de mes instructeurs : « le ravito, ça rend humble ! »

De retour de Toulouse après la phase simulateur, je suis
fin prêt à commencer les vols. J'ai un instructeur de choix :
le célèbre Jo, chef des opérations à cette époque, considéré
de façon unanime comme un tueur – il avait surpris ses
élèves en train de jouer aux fléchettes avec sa photo pour
cible –, mais avec qui je m'entends bien. Cela dit, il use
d'une pédagogie plutôt discrète, et il vaut mieux comprendre ses instructions du premier coup.

En ce lundi 19 octobre 1992, je prépare donc mon premier ravitaillement en vol. En principe, c'est assez simple :
les deux avions partent ensemble vers une zone située à l'est
de Paris ou une autre, du côté de la Bretagne. On s'entraîne
entre dix et quinze mille pieds, pépères au-dessus des turbulences. C'est là qu'un premier hic me tombe dessus : les
deux zones habituelles sont occupées… Il va falloir se
débrouiller autrement. Qu'à cela ne tienne ! Le Jo a plus
d'un tour dans son sac. On n'a qu'à rester à Evreux, et tourner dans la CTR… Ouh là ! Vu le plafond de la zone, on va

se retrouver dans, ou sous les cumulus. Comme il n'est pas question de jouer à cache-cache pour un vol pareil, ça veut forcément dire sous les cumulus. Voilà qui serait parfait pour un vol en planeur, mais pour tenir en place derrière un autre avion…

Le briefing est vite envoyé, simplifié d'autorité par la proximité de la zone de travail. Nous empruntons la boubou – véhicule qui transporte les équipages – qui nous dépose au pied de nos colosses. Les procédures se déroulent de façon routinière, avec, néanmoins, le sérieux habituel. Nous voilà derrière notre ravitailleur, en observation. Jo prend les commandes pour une démonstration.

D'entrée, un truc me tracasse : le panier, si stable au simu, exécute maintenant une sorte de sarabande qui m'impressionne ! Jo, lui, n'a pas l'air déstabilisé. Il me commente la position, rentre un peu d'aérofreins et commence à se rapprocher. Pendant qu'il continue à me décrire ses actions, le panier fait des sauts de plus d'un mètre à chaque passage sous un cumulus..

Nous ne sommes plus qu'à quelques mètres du panier. La voix de Jo se fait plus tendue, tandis qu'il agit de façon virile et contenue sur le palonnier : « klonk », on est dedans ! Le Jo me ponctue la manœuvre d'un éclatant : « et voilà ! » Je suis sur le cul ; je ne comprends absolument pas comment ce prodige a pu se réaliser. Mon inquiétude ne fait que croître quand mon moniteur, après avoir sorti des aérofreins pour nous remettre en observation, me lance : « allez, à vous ! »

Glurps ! J'ai la gorge serrée en prenant les commandes. Si rester en place derrière le ravitailleur ne pose pas vraiment de problème, le panier, là-bas, continue à faire le yoyo. J'ai le sentiment qu'il se moque de moi, d'un air de dire : « allez, mon petit, viens me chercher si tu oses ! » S'il avait des bras,

je crois même qu'il me ferait des gestes loin d'être courtois !
En attendant, le Jo montre des signes d'impatience… Il va
falloir y aller. Je commence à rentrer des aérofreins pour me
rapprocher. Jusque-là, tout va bien, comme disait le fou en
tombant de l'immeuble. Je suis malgré tout crispé.

Nous arrivons tout près du panier qui bouge toujours
autant, zut ! C'est raté ! « Olé », crie le mécanicien navigant.
Ouais… Je n'ai pas besoin de ça, mon orgueil vient d'en
prendre un coup. « Pas grave », dit Jo qui reprend les commandes. En arrivant au bout de la zone, il faut faire demi-
tour. Pendant le virage, Jo en profite pour réaliser quelques
contacts secs – sans transfert de carburant – juste pour le
plaisir. En virage ! J'ai les boules… Moi, je n'y arrive même
pas en ligne droite…

Les tentatives suivantes sont encore plus dramatiques que
la première. Plus le temps passe et plus je suis crispé, plus
je suis crispé et moins j'y arrive. Après une heure et demie
de vol, il faut bien se rendre à l'évidence : la mission se
solde par un cinglant 0 % en ce qui concerne mon score !
En rentrant à l'escadron, j'essaye d'avoir le sourire, mais au
fond de moi, je suis effondré. Nous croisons le chef pilote
dans les couloirs ; il demande le verdict. « Et ben, je ne vois
pas ce qui te donne le sourire ! » Mon sourire affiché se mue
en grimace. Il est temps de rentrer à la maison.

Arrivé chez moi, il n'est pas facile de tourner la page.
« Qu'est-ce qui ne va pas ? », me demande ma femme d'entrée – ça voit tout, les femmes. Je lui explique, elle me rassure… La routine. Comme je suis plutôt du genre à me tra-
casser, je commence à imaginer la suite de ma carrière si je
ne suis pas capable de faire mieux le lendemain. Adieu la
qualification, les missions aux longs cours, veaux, vaches
– je fais partie de l'escadron Béarn –, cochons, couvées… Je
me couche tôt, mais je sombre tardivement dans un sommeil

agité. Le lendemain au réveil, ma femme me lance :

« Tu as rêvé, cette nuit. Tu as même parlé.

– Ah bon ? Et qu'est-ce que j'ai dit ?

– Oh, pas grand-chose. J'ai juste compris « j'arrive pas à enquiller » ! »

Merde ! Manquait plus que ça ! Le pire, c'est qu'en allant voir une copine dont le mari est aussi pilote de Transall, elle apprend que lui aussi a eu des nuits agitées pendant sa transformation. Bon, n'allez pas croire que tout le monde passe par de telles affres lors de la qualification. C'est juste que nous sommes peut-être deux manchots un peu émotifs.

En attendant, le lendemain, me revoilà en vol. Cette fois-ci, la zone R22 est libre. Nous allons donc voir ce que ça donne en air un peu plus calme. Effectivement, ce jour-là, j'arrive à concrétiser quelques contacts. Je suis encore loin du 100 %, en fait à peine à 50, mais c'est déjà un gros progrès. Je me dis que je peux peut-être y arriver, et ça me détend un peu. Mais au fond de moi, je sens bien que le déclic ne s'est pas encore fait. J'y arrive, mais c'est plus en force qu'en finesse, et je suis convaincu que j'ai encore une étape importante à franchir. Bref, il reste du pain sur la planche. Nous rentrons après trois heures trente de vol bien fatigantes.

Le mercredi, nous remettons ça. Et pas qu'un peu. Un vol de jour et un vol de nuit sont prévus aujourd'hui. Pour le vol de jour, nous allons retourner en R22. La nuit, nous resterons dans la zone d'Evreux. J'ose espérer que ces satanés cumulus, que j'ai tant désirés quand je faisais du vol à voile, auront la décence de rester au lit ! Autre changement du jour : un nouvel instructeur. Contrairement à Jo, Pépé n'a pas de haute fonction dans notre escadron. Il est ORSA* comme moi, et de ce fait, l'ambiance est beaucoup plus détendue dans l'équipage. Lors du vol de jour en zone, il me refait une démonstration et là, miracle ! J'ai l'impression de piger. Les contacts deviennent plus naturels et la confiance revient. Après deux heures cinquante de vol, nous regagnons la base pour préparer le vol du soir.

Celui-ci se passe comme dans un rêve. L'atmosphère calme de la nuit permet d'enchaîner les contacts sans aucun problème. C'est à se demander comment j'ai pu avoir autant de mal au début.

A la suite de ce vol de nuit, je reste plus de deux semaines sans m'entraîner pour des raisons de planning, le temps de faire quelques parachutages. Je reprends les vols de ravitaillement le vendredi 6 novembre... avec l'escadron adverse, en plus ! Là, il va falloir que j'assure : dans ce métier, les réputations se propagent vite, et pas toujours sur des bases réalistes. Après cette période « sans y toucher », j'espère ne pas avoir perdu le peu que j'avais acquis.

Je me présente donc ce vendredi matin au briefing donné par les gars de l'Anjou. Il y a là leur chef pilote, plus quelques vieux de la vieille qui renouvellent leur qualification, ça promet ! Je ne me la ramène pas trop. Je ne suis pas le premier à passer au trapèze. Je commence donc le vol sur la banquette.

Le premier à s'y coller est un ancien qui rentre d'outremer. Le moins qu'on puisse dire, c'est qu'il est loin d'être serein... Moi qui pensais être le seul à en baver, ça me rassure un peu – le malheur des uns... Et le voilà qui commence sa première approche. C'est rapide, pas stable du tout, et ça se finit par un magnifique évitement du panier, puis du ravitailleur. Ouf ! Vu de derrière sans être aux commandes, c'est assez impressionnant. Il finit par enquiller, mais après, c'est la bagarre pour rester en place. Ca fonctionne, mais c'est loin de mériter le premier prix d'élégance.

Mon tour arrive. Je suis un peu tendu, mais après ce que je viens de voir, j'aurais du mal à faire pire. Je réalise une première approche bien stable, que je conclus par un contact en douceur. Du beau boulot ! Dans la foulée, j'enchaîne tous mes contacts de la même manière. Même le chef pilote ne fera pas mieux, et il en profite pour faire quelques compliments. Je ne suis pas peu fier ! Et pour ce qui est de la réputation, c'est gagné.

A la fin du mois de novembre, je passe mon test sur un aller-retour N'Djamena, en passant par Pau. Tout se déroule comme sur des roulettes – à part pendant le retour où je suis le seul à ne pas fumer dans l'équipage... Etant non fumeur, j'ai eu un peu de mal et je m'en rappelle encore.

Depuis, j'ai refait des missions avec ravito en tant que commandant de bord, dont un aller-retour pour Bangui pour transporter un Puma qui nous a fait monter à 54 tonnes, la masse maximale absolue de l'avion. Il vaut mieux ne pas avoir une panne moteur après un pareil ravitaillement ! Je repenserai souvent aux difficultés que j'ai connues lors de cette qualification. Heureusement, jamais je n'aurai à me dérouter pour avoir raté un contact !

AMARYLLIS

Amaryllis : désigne des plantes bulbeuses de la famille des Amaryllidaceae, du genre Hippeastrum. Elles sont originaires des zones tropicales d'Amérique du Sud.

Nous sommes en détachement sur le sol africain depuis le 10 mars 1994. En tant qu'équipage Transall de l'escadron de transport tactique Bearn basé à Evreux, notre mission principale consiste à assurer le ravitaillement en vol (et l'alerte ravito) des avions de chasse français déployés en Afrique. Cette mission peut parfois être fastidieuse, surtout pour ce qui est de l'alerte. Mais les vols ravitailleurs sont passionnants. Il y a d'abord le fait de voir de près ces bêtes de course – oui, même le Jaguar ! Une fois la dernière livraison de carburant effectuée, l'avion est vide, donc tombé gauche et quartier libre.

En dehors du ravito, il y a toutes les missions de transport standard : le légumier vers Douala, l'oxygène pour les chasseurs à Abidjan, les posés de nuit à Bouar aux *goose neck*, ces bidons de pétrole qu'on enflamme pour créer un balisage lumineux artisanal, mais aussi tous les petits terrains de brousse : Berbérati, Mobaye…

Pour ce détachement, nous sommes stationnés à Bangui. Nous logeons dans une villa louée par l'armée. Ce n'est pas du trois étoiles, mais c'est toujours nettement mieux que les campagnes de ravitaillement en vol à Abéché, où la seule distraction consiste à animer la chorale des petits enfants à la gueule de bois avec nos copains chasseurs ! Ce soir du 7 avril 1994, j'ai décidé de ne pas sortir en ville et de me coucher tôt. L'Afrique entraîne parfois des effets secondaires qui peuvent vous dissuader de toute envie de resto en moins de temps qu'il n'en faut pour le dire.

Vers vingt-deux heures, je suis réveillé en sursaut : le COMAIR, colonel qui commande tous les éléments de l'armée de l'Air du site, fait irruption dans ma chambre. « On doit se préparer pour une opération ! Il faut transmettre à Paris quels sont les moyens disponibles, et je ne trouve pas le CGT* ! » Il y a deux jours en effet, en fin de journée, le Mystère XX du président du Rwanda, transportant également le président du Burundi, a été abattu en finale à Kigali. Ca a évidement fait beaucoup causer dans les chaumières.

Bon, j'ai compris : pas de repos pour moi ce soir. J'ai une petite idée de l'endroit où je peux trouver l'individu en question. Je saute dans la boubou, et après avoir visité deux ou trois boîtes, je retrouve la troupe au grand complet. Je leur dresse le topo, et tout le monde se dirige vers le camp. Mais que faire de plus ? Le CGT reste sur place, et les équipages vont se coucher, cette fois-ci pour de bon. Une bonne nuit de sommeil risque de servir pour les jours à venir.

Le lendemain, ça fourmille dans le petit bureau des OPS du camp de M'Poko. L'opération porte le nom d'Amaryllis – ils font chier avec leurs noms à la con. Elle devrait être déclenchée le soir même. Discussion avec le CGT : il m'apprend royalement que nous ne serons pas de la partie. Notre avion (le F201) étant un ravitailleur, son déficit de charge offerte le rend inintéressant pour la mission projetée, à savoir un aller-retour Bangui-Kigali sans arrêt moteur sur place. Je suis mûr ! Je passe la nouvelle à mon équipage qui n'en pense pas moins. En y réfléchissant dix-huit ans après,

je trouve ça drôle ce besoin d'aller se faire casser la gueule !
La journée se passe quand même en calculs divers et variés :
quantité minimum de carburant, charge offerte, identification de la menace sur place et des terrains ouverts en route
en cas de problèmes. Mais au fil des heures, la situation évolue. Il va falloir mettre le paquet, et notre ravitailleur à
charge offerte réduite va finalement devoir participer. Il est
même question de faire venir un Transall de Libreville.

Le soir arrive, tout est prêt. 151 gars du RPIMa embarquent dans les quatre avions. L'heure de décollage
approche. On briefe rapidement. On est remontés comme
des tendeurs ! C'est assez excitant ; l'ambiance est chargée
d'émotion. Ca se voit aux yeux des secrétaires qui brillent
plus que d'habitude, et qui nous font la bise comme si on
n'allait pas se revoir de si tôt !

Nous décollons en numéro 4, à une minute du numéro 3
que nous suivons au radar, en surveillant les échos renvoyés
par une balise qu'il embarque à cet effet. Montée au niveau
de croisière – un petit 150 pour commencer, standard
Transall en Afrique ! La routine s'installe : on ajuste la position par rapport à l'avion qui est devant, on surveille la
météo – les cunimbs africains ne sont pas nos amis –, on
gère le pétrole – il n'y en aura pas de trop sur une mission
comme celle-là –, on calcule des points critiques.

La météo se dégrade, on est IMC*. Soudain, une lumière
attire mon regard à ma gauche. Je tourne la tête et aperçois
une sorte de flammèche qui court dans le lit du vent à partir du bord d'attaque. Je n'ai jamais vu ça. C'est plutôt joli !
J'en informe Jean-Louis, le mécanicien assis en place centrale. La réponse ne se fait pas attendre : « putain, on a un
dégivreur qui crame ! » Ah oui, tiens ? Il a raison, maintenant
que j'y pense ! L'antigivrage du Transall est assuré par des
résistances chauffantes sur les bords d'attaque. Ils se mettent

parfois en court jus. Apparaît alors un assez joli disque flamboyant. J'ai déjà vu ce phénomène sur une hélice lors d'un décollage de Metz. Cette fois-là, nous étions retournés nous poser, pour constater que l'hélice composite était bouffée jusqu'au longeron. Mais aujourd'hui, pas question de faire demi-tour. D'une part, nous n'avons perdu qu'une section du dégivrage de l'aile gauche. D'autre part, la mission mérite qu'on force un peu.

Et puis, on va peut-être échapper au mauvais temps cette nuit ! Du coup, le radar météo devient le centre du poste de pilotage. Il faut dire que depuis quelques minutes, il est devenu d'un vert beaucoup trop éclatant à mon goût. Question d'harmonie : pas de vert criard dans un avion kaki. La plaisanterie ne dure pas longtemps. Nous voilà immergés dans un de ces enfers africains dont Zeus a le secret : des turbulences incroyables – ça va derrière ? Oui, ça dégeule normalement ! –, des éclairs aveuglants, la glace qui accroche partout où elle peut – la section de bord d'attaque en panne s'est transformée en bonhomme de neige – et pour finir, de la grêle ! Le vacarme est tel qu'il faut hurler pour parler au copi.

Heureusement, tout ça s'arrête aussi vite que ça a commencé. Et rapidement, nous voilà en ciel clair. Ca tombe bien parce que le but du voyage se rapproche, et comme il est prévu de se poser sans phares, autant qu'il fasse beau. Il est également prévu de ne contacter personne... « Kigali, Kigali, des Magistra »... « Quel con, ce leader ! Ca ressemble à quoi ? » Exclamations et onomatopées diverses dans la cabine... Revenons à nos moutons. La zone de Kigali est maintenant en vue. Des lueurs à droite. Manu, le copi, annonce : « tiens, ils tirent des fusées éclairantes ? »

Jean-Louis : « ça ressemble plus à du 20 mm... »

Manu : « Oh, merde... »

On sert les fesses un peu plus fort et on continue. L'atterrissage ne pose pas de problème, la nuit étant assez claire. En revanche, arrivés dans l'ombre des hangars, on n'y voit pas grand-chose. Il y a dans ce petit espace quatre avions moteurs tournants, 151 gars qui débarquent, des hangars à peine visibles... Je décide de ne pas allumer le phare de roulage et d'y aller au juger. On débarque tout le monde et on redécolle à notre tour. Après décollage, on garde 14 500 tours, la PMC. Tout le monde a envie de s'éloigner de ce sol peu amical. Il faut dire qu'on ne sait pas trop où en sont les rebelles. Le numéro 3 est resté sur place : il rapatriera les premiers ressortissants français.

Le voyage retour est nettement plus calme. Les cumulonimbus ont perdu de leur énergie, et nous avec. Peu de temps après notre arrivée au niveau de croisière, je me rends compte que je viens de m'assoupir. Je jette un coup d'œil circulaire qui me permet de constater que tous mes camarades dorment du sommeil du juste !

On se pose à Bangui après huit heures de vol. Tout le monde est vanné – enfin, presque tout le monde ; je crois qu'un mécanicien naviguant d'un autre équipage est allé directement en boîte de nuit à sa sortie du camp. Il est temps de profiter d'un repos bien mérité, d'autant plus que l'opération n'est pas finie. En effet, nous y retournerons deux fois dans le cadre du pont aérien qui s'est constitué. Je me rappelle que la dernière fois, les tirs de mortiers étaient assez proches pour faire vibrer les tôles de l'avion sur le parking.

Le 14 avril, le dernier avion maintenu sur place, un C130, voit les obus de mortier tomber sur l'aéroport à chaque tentative de mise en route. Il finira par réussir à partir, emportant les derniers réfugiés détenteurs d'un passeport français. Le massacre peut maintenant continuer tranquillement... Le

22 juin, la France lance l'opération Turquoise. Nos dirigeants ont finalement eu des remords. Mais l'opération Amaryllis restera toujours aussi controversée.

Quinze ans plus tard, en visionnant les nombreux films qui fleurissent sur cette période de l'histoire africaine, je commencerai seulement à comprendre la réelle ampleur de ce massacre. Il m'aura fallu tout ce temps pour sortir de cette inconscience si pratique en de telles circonstances. En effet, si nous avions su ce qui se passait sous nos ailes quand nous survolions le pays, comment aurions-nous pu continuer à exécuter les ordres qui nous étaient donnés ? Comment aurions-nous pu simplement continuer à vivre sans nous sentir écrasés sous le poids de la culpabilité ? L'ignorance a parfois des vertus insoupçonnées…

QUI C'EST, CE BOB ?

L'opération Azalée est une opération militaire française réalisée aux Comores en 1995 et visant à soumettre le mercenaire français Bob Denard. Le 29 septembre, ce dernier, épaulé d'une trentaine d'hommes débarqués de bateaux Zodiac, tente de renverser Said Mohamed Djohar, président des Comores. Cette tentative de coup d'Etat rend nécessaire le déclenchement d'une opération interarmées à partir des forces stationnées dans l'océan Indien. Le COS* intervient le 4 octobre. Il est appuyé plus tard par deux compagnies du 2e RPIMa venues de La Réunion, une compagnie du 5e RIAOM de Djibouti, une unité tournante du 11e RAMa au DLEM venant de Mayotte. Les hommes des forces spéciales françaises, marins du commando Jaubert, parachutistes du 1er RPIMa et du 13e RDP, gendarmes du GIGN, débarquent au nord de la Grande Comore, pour prendre l'aéroport de Moroni-Hahaya, sécuriser l'ambassade et permettre l'arrivée des renforts. Le rapport de forces, les moyens maritimes et aériens ainsi que l'effet de surprise, incitent les rebelles à la reddition en moins de 48 heures. Le 6 octobre, Bob Denard et ses mercenaires se rendent aux gendarmes du GIGN.

Nous sommes le mercredi 27 septembre 1995, et nous prenons un repos bien mérité dans la villa que l'armée de l'Air nous loue dans la petite localité de Pamandzi, sur l'île Petite Terre de l'archipel de Mayotte. En fait de villa, c'est une maison de plein pied plutôt simple, mais assez vaste pour loger deux équipages de Transall. Allez savoir pourquoi, sous les tropiques, le moindre taudis prend rapidement la dénomination de villa ! Repos mérité car aujourd'hui, nous sommes partis de Gillot, sur l'île de La Réunion, pour aller dans un premier temps à Tananarive, capitale de Madagascar, puis Dzaoudzi, Moroni sur la grande île des Comores, avant de revenir finir le périple à Dzaoudzi. Six heures de vol dans la journée, c'est loin d'être un record. Mais sous ces latitudes, la chaleur et l'humidité diminuent la résistance à la fatigue et de plus, nous nous sommes levés aux aurores ! Ce petit coin de France est bien agréable à vivre, malgré le peu d'animation qui y règne. L'île sur laquelle se trouve l'aérodrome, Petite Terre, n'est pas très grande, à peine six kilomètres dans sa plus longue dimension.

Pour rejoindre Grande Terre, il faut prendre un bac qui mériterait à lui seul un récit, ne serait ce que pour raconter comment il est arrivé de métropole en cabotant. Mais rien que sur Petite Terre, il y a des merveilles à découvrir : le lac Dziani, ancien cratère de volcan sur les bord duquel on peut voir voler les énormes roussettes à la tombée de la nuit ; la plage de Moya et ses tortues ; le rocher sur lequel est construite la résidence de la représentation du gouvernement, conçue par Gustave Eiffel. Bref, un joli coin qui mérite bien les visites que nous lui payons régulièrement. Mais pas ce soir, car ce soir, les guerriers en ont un peu marre et préfèrent se vautrer devant la télé, une bière à la main, en regardant les informations régionales. On ne peut pas dire que ce programme soit trépidant, mais voilà qui convient tout à fait à notre état d'esprit – voire même notre état physique ! Pourtant, le lendemain, ces reportages insipides nous livrerons une nouvelle qui nous fera bondir de nos fauteuils...

Le jour suivant, justement, nous passons la journée sur place sans voler. Le temps est mis à profit par le détachement de la légion étrangère basé sur place pour vider les glacières de produits frais apportées la veille et organiser le chargement pour notre départ prévu le lendemain. Pour nous, c'est l'occasion de visiter un peu les environs, ou de s'adonner à nos occupations favorites. Certains commencent la journée par un footing – bon courage, avec cette chaleur –, d'autres préfèrent se diriger vers le club de plongée pour aller explorer la célèbre « passe en S » et folâtrer au milieu des tortues. En empruntant le véhicule équipage – un bon vieux Trafic Renault hors d'âge –, nous pouvons aussi prendre le bac et traverser vers Grande Terre. Cette île, également appelée l'Ile aux parfums pour ses cultures d'Ilang Ilang, est un petit paradis. Un des lieux les plus enchanteurs est la plage de N'Gouja, considérée comme la plus belle du monde. En effet, de part sa propreté, son sable blanc et son eau transparente, on se croirait au paradis. De plus, cette plage est une des seules à voir pousser des baobabs au bord de l'eau. Certains font plus de vingt mètres de circonférence. La faune est également impressionnante : les tortues marines acceptent les nageurs et les lémuriens se laissent caresser. Au bord de cette plage se trouve un hôtel : le Jardin maoré. Son restaurant cuisine des mérous sauce vanille qui sont un vrai délice. Mais après une journée à s'en mettre plein les yeux – et le ventre pour certains –, il est temps de revenir à la réalité. Nous voilà à nouveau à la villa, devant notre présentateur local, à sourire des problèmes du quotidien sous les tropiques.

« Nous recevons à l'instant une dépêche qui nous signale que le mercenaire Bob Denard aurait à nouveau tenté un coup d'état contre Said Mohamed Djohar, le président des Comores. Lui et ses hommes auraient été déposés à Moroni par un Transall qui a été vu dans le ciel des Comores aujourd'hui. » Mince alors ! Nous nous regardons les uns les autres avec des yeux ronds comme des soucoupes. Il faut préciser que le seul Transall à plus de mille kilomètres à la ronde, c'est le nôtre ! Qu'est-ce que c'est que cette histoire saugrenue ? S'il est juste que nous sommes allés à Moroni hier, nous n'y avons déposé que des caisses, et pas l'ombre d'un mercenaire, même lyophilisé, promis juré ! Notre commandant de bord, Patrick, qui est aussi le commandant de notre escadron, commence à sentir venir les problèmes. Mais même après avoir téléphoné à La Réunion, il est impossible d'avoir la moindre information ce soir. C'est le flou total.

Le lendemain matin, les choses commencent à bouger, et les informations à arriver. Bob et sa bande seraient arrivés à bord d'un vieux cargo et auraient débarqué au moyen de Zodiacs. Ils tiendraient l'aéroport et le palais du président. Pour nous, les consignes sont très simples : stand by ! Nous passons donc la journée à attendre en se demandant comment tout ça va bien pouvoir évoluer. Quand même ! Réussir à obtenir une mutation dans cette région paradisiaque pour se retrouver à jouer à la « guéguerre »... C'est'y pas malheureux ! Dans la soirée, il y a du nouveau : le commandement aimerait que nous fassions une reconnaissance pour voir à quoi ressemble le bateau, et si on peut voir quelque chose sur l'aéroport. « Eh, les gars, Bob Denard, il n'oserait pas tirer sur des Français ? » « Oh non… enfin, j'crois pas ! »

Nous sommes à présent vendredi. Si ça continue, on va rater le début du week-end ! Au moins, aujourd'hui, nous allons voler. Pas un bien long vol, mais intéressant quand même. Malgré tout ce que nous pouvons dire, nous gardons un côté boy scout et nous nous plions à ce genre de mission de bonne grâce. Nous décollons donc de Dzaoudzi pour nous diriger vers Grande Comore. Il faut moins d'une heure pour atteindre l'île. Nous approchons au large de Moroni à basse altitude. Le bateau est bien là. Enfin, si on peut encore appeler ça un bateau. C'est une espèce de rafiot pas très grand, à l'aspect décrépi. Du côté de l'aéroport, nous ne voyons pas grand-chose. Il faut dire qu'on nous a demandé de ne pas trop nous approcher, et c'est mieux comme ça. De retour à Dzaoudzi, nous apprenons que nous rentrons à La Réunion demain. Mais apparemment, ce n'est pas pour entamer un week-end en famille !

Samedi matin, nous décollons vers La Réunion, que nous atteignons en début d'après-midi. Sur la base de Gillot, c'est le branle-bas de combat. L'opération Azalée – pourquoi choisissent-ils toujours des noms de fleurs alors que nous passons notre temps à échanger des noms d'oiseaux ? – est en préparation. Les patrouilleurs La Boudeuse, La Rieuse et la frégate Le Floréal sont en route vers les Comores. Des Transall doivent arriver de métropole, dont un fait partie des opérations spéciales.

En ce qui nous concerne, nous devons amener à pied d'œuvre les soldats du 2e RPIMa de Saint-Pierre, ainsi qu'une quantité impressionnante de fret, en commençant par des vivres et de l'eau pour sustenter tout ce monde. Quelques semaines plus tard, nous ramènerons à La Réunion des palettes d'eau transportées en toute hâte pendant l'opération. Après avoir été transportée pendant de nombreuses heures de vol, cette eau vaut maintenant un prix d'or… Mais les séjours sous le soleil des tropiques dans des bouteilles en plastique la rendent imbuvable !

Compte tenu de l'ampleur de l'opération, j'apprends qu'il me faut refaire un aller-retour Mayotte dans la journée. Le temps de prendre un repas sur le pouce, c'est donc reparti, avec Philippe cette fois, le chef étant prix à des tâches de plus haut niveau ! Nous commençons à connaître la route.

A Mayotte, c'est l'effervescence. Il y a en effet pas mal de choses à préparer et l'autre Transall de notre escadron vient juste de redécoller après avoir déposé son chargement. Nous ne traînons pas sur place, et après une journée de onze heures de vol, je peux enfin rentrer à la maison pour donner des nouvelles. Comme souvent, ma femme ne s'est pas inquiétée outre mesure. Elle suit l'évolution de la situation en écoutant les nouvelles. Le repos sera de courte durée. Le lendemain, dimanche, je fais un nouvel aller-retour sur Mayotte, cette fois avec Jimmy.

Sur l'aérodrome, les choses évoluent rapidement. Des tentes militaires sont apparues un peu partout. Les hangars ont été réquisitionnés, dont celui qui abrite un magnifique Pitts. Combien de fois sommes-nous montés sur l'aile du Transall pour admirer ses séances de voltige pendant nos escales ? J'apprendrai avec tristesse que cette machine aura été endommagée pendant ce remue-ménage. De toute façon, le Pitts n'aurait pas pu faire de voltige pendant un certain temps. En effet, notre dossier de vol contient un Notam assez peu commun en temps de paix. En voici la teneur : « AERODROME DE DZAOUDZI FERME – UTILISABLE POUR LES VOLS HUMANITAIRES PAR DEROGATION DU PREFET REPRESENTANT DU GOUVERNEMENT A MAYOTTE. » Voilà qui annonce la couleur ! Plus de ligne civile – l'aéroport est envahi par les gens en kaki – et plus de vols d'avion légers non plus. C'est du sérieux !

Le lundi matin, aller simple vers Dzaoudzi, qui devient notre base pour quelques jours. En effet, l'opération Azalée commence à prendre tournure. Les forces nécessaires à l'intervention sont en attente sur Petite Terre, prêtes à intervenir. De notre côté, il faut commencer à préparer la mission d'assaut qui va nous être demandée le jour J. En effet, après l'intervention des forces spéciales, il va falloir rapidement déposer assez de monde pour faire taire toute velléité de réaction chez les mercenaires.

Malheureusement, je ne vais pas prendre part à cette préparation guerrière. D'abord, n'étant pas le plus qualifié de la bande, je suis mieux employé à faire un brouettage de plus vers La Réunion. Mais en plus de ça, je suis victime d'un mal bien connu des touristes qui débarquent dans un pays tropical. Pour faire simple et rester pudique : j'ai bien du mal à m'éloigner des lieux d'aisance plus de dix minutes ! Le vol dans ces conditions est bien sûr un calvaire, et j'enrage de ne pas pouvoir suivre les préparatifs de plus près. Dire que le jour J est peut-être pour demain ! Ce qui me fait le plus pester, c'est que je suis rarement touché par ce genre d'affection. Combien de fois ai-je vu un de mes camarades quitter le poste de pilotage pour courir à l'arrière se soulager devant une bande de biffins goguenards ? J'avais été à peu près épargné jusque-là… C'est bien ma chance de devoir supporter ça aujourd'hui !

J'apprends que malgré tout, je fais partie avec Philippe de l'équipage qui devra soit parachuter, soit déposer une bande de guerriers armés jusqu'aux dents sur l'aéroport. Le moyen de mise à terre dépendra du niveau de sécurisation des environs. Pour résumer la chronologie de l'attaque de demain : la frégate Floréal est au large de Moroni et sert de vaisseau de commandement. Des hélicoptères Puma vont décoller en fin de nuit pour tester les défenses et éventuellement, les réduire au canon de vingt millimètres. Les commandos de Marine partant du Floréal et de La Rieuse débarqueront pour prendre l'aéroport de Hahaya et le petit aérodrome d'Iconi. Dès qu'ils auront atteint l'aéroport, et si la résistance des mercenaires le permet, ils donneront le feu vert au Transall des forces spéciales qui viendra faire un posé d'assaut sur le terrain. Ensuite, au lever du jour, le balai des Transall permettra de déposer un nombre conséquent de troupes. Pendant ce temps, le Floréal devra aussi arraisonner le Vulcain, navire des mercenaires. Bon, après avoir avalé une bonne dose d'Imodium et d'Ercefuryl – les connaisseurs s'y retrouveront –, je me mets au lit en espérant pouvoir assurer mon rôle du lendemain !

Mercredi 4 octobre. Je me lève aux aurores. L'opération Azalée a été déclenchée dans la nuit, comme prévu. Après un petit déjeuner rapide, nous allons à l'aéroport. D'entrée, il apparaît que nos soldats n'auront pas à utiliser leurs parachutes. En effet, l'aéroport est sécurisé au-delà de nos espérances. Il faut dire qu'au total, ce seront six cents hommes qui s'opposeront aux trente-trois mercenaires et trois cents Comoriens dissidents.

Mais que s'est-il passé depuis la veille au soir ? A 23 h, des hommes du commando Jaubert ont débarqué à Moroni pour explorer les plages au niveau des aéroports. A 2 h 30 du matin, trois hélicoptères Puma ont déposé des équipes du 1er RPIMa et du 13er RDP sur le parking de l'aéroport d'Hahaya. Ils ont été accueillis par des tirs de mitrailleuse lourde, rapidement calmée par les canons du Puma. Les commandos ont ensuite nettoyé l'aéroport, travaillant au moyen de jumelles de vision nocturne. Ils ont capturé vingt rebelles comoriens.

A 3 h, le commando Jaubert a sécurisé l'aérodrome d'Iconi. Des renforts sont venus tenir l'aérodrome pendant que les commandos ont continué vers la caserne Kandani, capturant trente Comoriens. Ce sont ensuite quinze membres du GIGN qui ont débarqué pour libérer l'ambassade de France. Pendant ce temps, un autre groupe du commando Jaubert a pris le contrôle du Vulcain. A la suite des forces spéciales, vers 5 h du matin, deux Transall ont déposé des éléments de la légion étrangère sur l'aéroport d'Hahaya.

Trente minutes plus tard, c'est à notre tour d'accomplir la même tâche. Nous sommes bien évidemment aux aguets, mais le vol sera d'un calme olympien. Il n'y a déjà plus aucune résistance sur l'aéroport. De retour à Dzaoudzi, je ne me fais pas prier pour rentrer à la villa et savourer une petite sieste. Je suis réveillé en sursaut peu de temps après. On me demande de foncer à l'aéroport pour servir de complément d'équipage en vue d'un posé d'assaut sur Iconi !

En roulant vers le terrain, je m'interroge : à quoi puis-je bien servir si je ne suis pas aux commandes ? J'obtiens rapidement une réponse en rejoignant l'équipage qui doit faire la mission. Rémi et Jimmy sont là à m'attendre. Rémi, le commandant de bord, fulmine. Lui qui a fait partie du fameux GAM* ne voit pas l'intérêt de traîner un pilote supplémentaire. Mais bon, c'est au cas où l'un d'eux serait blessé, et de toute façon, ce sont les ordres ! Je me fais donc le plus discret possible, et m'installe sur la banquette à l'arrière du poste de pilotage. Rémi est aux anges. Avec ce vol, il plonge vraiment dans son élément. Arrivés à Iconi, nous déposons notre chargement de légionnaires. En fait de fusillade, c'est le calme plat. Il n'y a pas âme qui vive sur l'aérodrome qui est par ailleurs peu reluisant. Nous rentrons à Dzaoudzi sans plus de formalités, et il est temps d'aller boire une petite bière bien méritée !

Les deux jours suivants se passeront sans vols, avant de reprendre les transbahutages tous azimuts. J'en ferai six en tout sur le mois d'octobre. Mais au fait, comment cela s'est-il terminé pour le père Bob ? Et bien, il a été capturé dans l'après-midi du 4 octobre, puis acheminé en Transall vers La Réunion, avant d'être rapatrié en métropole. Quand l'assaut a été déclenché, il a demandé expressément à ses hommes de ne pas tirer sur les forces françaises. Certains pourront dire que les moyens mis en œuvre étaient disproportionnés compte tenu des forces en présence. Il est cependant certain que ce rapport de force a permis de reprendre le contrôle de la situation en faisant le minimum de dégâts. Il n'y a en effet eu que trois blessés. Quant à moi, cette aventure m'aura permis d'obtenir une médaille pour le moins originale : le mérite militaire comorien !

ÇA CHAUFFE À BANGUI !

On ne peut pas dire que la conclusion de nos deux ans passés outre-mer ait été très heureuse. Déjà, il faut reconnaître que quitter un pays de rêve comme l'île de La Réunion est un traumatisme en soi. Ensuite, même si le fait d'être muté à Toulouse est loin d'être une punition – surtout ne pas citer de lieux géographiques à titre de contre-exemple –, je n'avais pas vraiment choisi de devenir instructeur dans ce tristement* célèbre centre de formation qu'est le CIET*. Comme on disait à l'époque, il y a les bons du BIET, et les cons du CIET ! Pour couronner le tout, c'est à ce moment-là que nous apprenons que notre fils a de gros problèmes de santé. Au fil des années, nous allons découvrir qu'il est autiste et épileptique. Cette aventure-là n'est pas encore terminée et ne semble pas prête de l'être…

Donc, globalement, le moral n'est pas au beau fixe en ce début janvier 1997. Je dois quand même m'accrocher un peu, car il me reste à obtenir ma qualification instructeur et à assurer ma transformation sur Transall rénové. De plus, je participe à d'autres missions de transport hors instruction. C'est dans ce cadre que ce samedi 4 janvier, je suis d'alerte à 6 h, donc prêt à décoller dans le temps imparti. Ah oui, j'ai oublié un petit détail : à Toulouse, il fait un froid de canard et il neige… l'idéal pour nous aider à nous habituer au climat de notre nouvelle région ! La neige à Toulouse, il faut avoir vécu ça. Moi qui suis lorrain d'origine, j'ai connu de beaux manteaux blancs bien épais qui ne gênaient en rien l'activité quotidienne. Mais à Toulouse… Il suffit qu'il tombe un centimètre de neige pour que la panique s'installe ! Alors admettez qu'en guise d'acclimatation après deux ans sous les tropiques, c'est un peu raide !

Je ne suis pas vraiment surpris quand le téléphone sonne ce samedi-là. La radio a annoncé que deux soldats français appartenant à une force de médiation viennent d'être assassinés à Bangui par des mutins de l'armée centrafricaine. Même si l'officier de permanence ne me donne pas de détails au téléphone, la destination correspond à l'événement. Valise temps chaud, donc.

Arrivé au CIET, je retrouve Olivier – qui deviendra mon chef pilote puis mon chef chez Airbus, le monde est petit – et Denis, le navigateur commandant de bord. La mission est confirmée : il s'agit de rapatrier les corps des deux soldats français. Depuis leur assassinat, là-bas, la situation s'est dégradée. La légion a été envoyée en représailles dans les quartiers mutins. J'imagine qu'ils n'ont pas fait dans la dentelle ! Les nouvelles font état d'au moins dix morts dans le camp adverse.

Nous décollons au plus vite pour nous mettre en place à Istres, puis nous envoler le lendemain vers Bangui via Tunis et N'Djamena. Mais voilà, il y a un hic : il neige à Toulouse !

Par analogie avec ce que je disais plus haut, lorsqu'il neige à Keflavik ou à Saint John's, une cohorte de chasse-neige se met en route et les flocons ne sont pas fiers. De même, des camions de dégivrage aspergent les avions, garantissant ainsi que la glace n'adhère pas à la cellule pendant le décollage et la montée. Mais à Francazal, notre matériel de dégivrage fait un peu pitié. Quand les mécaniciens commencent à projeter le liquide dégivrant sur notre vénérable F92 alors qu'il neige encore, nous sommes là – derrière les vitres du bureau de piste, il ne faut pas exagérer – à observer, un peu inquiets. En effet, lorsqu'ils ont fini d'arroser les 160 mètres carrés de voilure, la neige recommence à accrocher à l'endroit où ils ont commencé ! On se jette des regards en coin. Si on veut dormir à Istres ce soir, il va falloir prendre une décision. Elle est vite formalisée : dès que les chutes de neige se calment un peu et que l'avion est raisonnablement déneigé, nous nous mettons en route. Il fait nuit noire. Une heure dix plus tard, nous sommes à Istres. Nous ne tardons pas à prendre nos chambres – une chambre pour deux, standard armée de l'Air – et à nous coucher. La journée du lendemain sera longue.

Dimanche 5 janvier 1997. En guise de grasse matinée, nous décollons aux aurores. Nous faisons escale à Tunis pour ravitailler, puis redécollons, direction N'Djamena. Nous arrivons là-bas de nuit. Du fait de mon séjour outre-mer, j'y retrouve des gens que je n'ai pas vus depuis plus de deux ans. Mais pas question de traîner, le CGT* nous confirme qu'on nous attend à Bangui. C'est donc reparti dès que nos réservoirs sont pleins. Nous clôturons la journée en atterrissant à M'Poko, l'aéroport de Bangui, après une journée de douze heures trente de vol. Nous sommes complètement cannés, mais nous constatons cependant que l'ambiance n'est pas à la fête. Habituellement, en détachement, les soirées sont consacrées à des rencontres sociales généralement bien alcoolisées. Elles se terminent toujours par des concours de chant peu chrétiens. Lorsque j'étais moi-même en détachement, j'aimais animer cette chorale des petits enfants à la gueule de bois. En fait, j'alternais les retraites monacales auprès d'un bon livre et les agapes sociales autour d'une bonne bière. Un bon moyen de tenir deux mois loin de la famille.

Ce soir-là, les raisons de ce sérieux sont évidentes : pas très loin du parking avion, dans une chapelle ardente préparée à la hâte, deux des nôtres reposent. Ils étaient payés pour ça, me direz-vous. Sans doute. Allez donc dire ça à leurs veuves et enfants. Ils étaient là pour tenter de rétablir un ordre toujours très fragile dans cette région du monde. Ils travaillaient la plupart du temps sans armes, et allaient inspecter des zones où il ne fait pas forcément bon se promener. Ils seront nos passagers, dans deux jours, pour un dernier voyage… En attendant, il va falloir dormir. Il n'y a plus de lits sur le camp de M'Poko. On nous informe qu'il nous faut aller à l'hôtel Sofitel, le long de l'Oubangi. Cette perspective ne nous rassure pas, pour deux raisons. Entouré par des dédales de rues et bordé par le fleuve, cet hôtel est impossible à sécuriser totalement. De ce côté comme de l'autre, un tireur muni d'une Kalachnikov, ou pire, d'un RPG7, peut faire un carton sur cette tour prétentieuse, symbole du pouvoir des Blancs.

Si cette crainte peut sembler un peu paranoïaque, la deuxième raison est plus éclairante. Pour rejoindre l'hôtel par la route, il faut traverser la moitié de la ville. Hors, nous avons tous une bonne expérience des conséquences de ce qu'on appelle les « événements » à Bangui. Lors d'un précédent détachement, je me rappelle avoir prêté notre véhicule équipage, un bon vieux Trafic Renault dont les vitres étaient blindées avec du gros grillage, à un équipage de passage. Ils ignoraient les consignes et ont donc traversé une zone « dissidente ». Ils nous ont rendu notre Trafic avec une cinquantaine d'impacts sur toute la carrosserie. Les projectiles allaient de la simple pierre au gros boulon accéléré par une chambre à air de camion fixée à deux pieux plantés dans le sol. Notre blindage de fortune résistait assez mal à ce genre d'agressions ! Nous sommes à peine plus rassurés lorsqu'on nous conduit vers un VIB* et qu'on nous affuble d'un gilet pare-balles et d'un casque lourd !

Pour ceux qui n'ont jamais fait de balade en VIB, je vous la recommande ! Un peu groggy après plus de douze heures de vol, nous nous cognons partout et tout ce qu'on touche à l'intérieur de ce truc fait mal. De plus, le chauffeur roule à tombeaux ouverts dans l'obscurité totale, le bruit est infernal, c'est la fête ! Si c'est si dangereux d'aller en ville en ce moment, qu'est-ce qu'on va faire à l'hôtel ? Nous commençons à nous dire qu'il aurait été préférable de dormir dans l'avion. Au Sofitel, c'est l'état de siège. Il y a des soldats en armes dans tous les coins. On nous confirme qu'un obus de RPG7 a été tiré sur l'hôtel quelques jours plus tôt. Mais qu'est-ce qu'on fout ici ? Nous rejoignons nos chambres – toujours par deux, bien sûr – et nous endormons d'un sommeil inquiet.

Nous sommes lundi matin. Nous n'avons pas grand-chose à faire à part préparer la mission retour. Après un rapide petit déjeuner à l'hôtel, nous nous apprêtons à retourner au camp. En sortant, nous constatons que la situation n'a guère changée. Le VIB nous attend. L'un de nous se retourne vers l'hôtel et lève les yeux vers le sommet de l'édifice. En voyant son air surpris, nos regards suivent instinctivement le sien. Et le spectacle en vaut la peine : la façade du bâtiment, que nous n'avions pas pu voir lors de notre arrivée de nuit, est éventrée en son milieu. Il y a là un trou béant noirâtre. Olivier se met à compter les étages : nous venons de dormir juste en dessous de cet élément de décoration un peu douteux... Des années plus tard, j'apprendrai que deux membres d'équipage de C130, Hugues et Fabrice, ont dormi dans cette même chambre – celle qui est à présent ravagée – quelques heures avant que l'obus de RPG7 ne la frappe. Ils ne comprenaient pas, à leur retour d'un vol vers Douala, pourquoi les autres équipages et les mécaniciens leur lançaient autant de plaisanteries vaseuses : « Dis donc, c'est le moment de jouer au loto ! Eh, tu as vérifié ce que fait ta femme en ce moment en France ? » Lorsque ils ont appris la nouvelle, une peur rétrospective les a conduits directement vers le bar le plus proche, histoire d'oublier, au moins temporairement, les âneries qu'on nous faisait faire.

En attendant, au camp, on en apprend plus sur la situation. C'est encore un peu chaud, mais des accords sont en cours de négociation, et c'est en train de se calmer. On passe la journée sur place à préparer le retour, prévu par Tunis à nouveau, mais cette fois à destination de Cazaux. Vu les temps de service déjà effectués et à venir, nous demandons à finir à Toulouse et à être relevés par un autre équipage qui fasse l'aller-retour Cazaux. Comme en plus, il fait toujours un temps de chien sur le sud-ouest de la France, ce n'est pas la peine d'allonger la liste des victimes du devoir. Puis nous passons une deuxième nuit dans notre hôtel ravagé. Dans l'obscurité, le bâtiment arrive à donner le change. La réception est proprette, et impossible de voir la façade éventrée. Le lendemain mardi, nouveau réveil à l'aube, et voyage en VIB vers le camp. Arrivés là-bas, nous nous répartissons les tâches : je suis chargé d'aller récupérer une protection météo.

La protection météo, c'est un dossier qui comporte un certain nombre de cartes et de messages qui permettent de se faire une idée du temps qu'il va faire pendant le voyage. Autrefois, ce dossier comprenait une coupe de l'atmosphère sur le trajet, coloriée au crayon de couleur. De nos jours, il s'agit de cartes crachées par une imprimante, mais bon... « O tempora, o mores ! » Lorsque nous préparons un long voyage sur Transall, nous nous intéressons particulièrement au vent qui va influencer la quantité de carburant à emporter, l'expérience prouvant qu'on en a rarement en trop. Sur la plupart des aérodromes du monde, obtenir cette fameuse protection météo est une pure formalité. Mais voilà, en Afrique, tout prend une dimension particulière. Déjà, en arrivant au bureau météo, j'ai l'impression de déranger le préposé. Un peu comme si je demandais à un cordonnier de me vendre deux baguettes de pain et trois croissants !

Il s'affaire donc avec lenteur, tout en me demandant toutes les cinq minutes si je veux réellement ceci ou cela. « Oui Monsieur, je veux bien la totale ! » Le temps passe et je vois l'heure de décollage approcher. J'ai emprunté le véhicule il y a maintenant plus de trente minutes, ça commence à durer ! Il me tend enfin le dossier, incomplet d'ailleurs, et je peux foncer à l'avion. Je retrouve le reste de l'équipage aux quatre cents coups. Vu la situation ambiante, ils craignaient que je sois tombé dans quelque guet-apens et s'imaginaient déjà les pires histoires ! Enfin, il est temps de décoller, et nous quittons ce beau pays sans aucun regret. En montant dans l'avion, je jette un rapide coup d'œil dans la soute. Elle est vide, à l'exception des deux cercueils qui reposent côte à côte près de la rampe.

En cours de vol, une envie pressante me conduit vers le « petit coin » de notre caravane volante. C'est assez spartiate. Quand on se dirige vers l'arrière de l'avion, il y a un urinoir à droite, et un WC chimique à gauche, masqué par un rideau. Les cercueils sont là, posés à quelques mètres dans l'obscurité blafarde de la soute. J'ai l'impression de pisser dans une chapelle ardente, c'est sinistre et irrévérencieux. Dans quelques heures, après l'escale de Tunis, nous serons de retour à Toulouse. J'espère que mon fils n'aura pas trop fait de crises en mon absence, nous n'y sommes pas encore habitués – ça viendra plus tard. Il neige moins sur le Sud-

Ouest, mais les enfants pourront peut-être encore faire un bonhomme de neige sur la pelouse. La vie continue. Pour certains, en tout cas.

PERDUS ENTRE HYÈRES ET LANDIVISIAU

La raison du plus fort n'est pas toujours la meilleure… Je vais vous en donner la preuve dans les pages à venir. Cette journée de vendredi avait pourtant bien commencé. J'étais parti le matin pour une mission d'instruction à basse altitude, avec changement de stagiaire à Royan. C'est vraiment chouette, le vol en basse altitude. Et comme nous avons le droit de voler à cent mètres du sol, nous ne nous en privons pas ! Il faut dire que c'est le péché mignon de tout pilote. Qu'est-ce que ça défile ! Et puis, on voit le sol droit dans les yeux, rien ne nous échappe. De plus, ce jour-là, mes deux stagiaires étaient en forme, donc mon travail facilité. Nous naviguions en pleine béatitude ! Pour nous faciliter encore la tâche, nos Transall avaient profité il y a quelques années d'une rénovation avionique. Une centrale à inertie à gyro laser couplée à un GPS nous donnait une localisation à quelques mètres près, et le FMS transmettait aux EFIS la trajectoire choisie à la préparation. Il n'y avait plus qu'à suivre ce trait blanc magique. C'en était presque fini des cartes en papier !

Il faut dire qu'après une phase de doute, toutes ces nouvelles technologies ont plutôt été bien acceptées. Elles nous ont changé la vie, surtout aux navigateurs qui ont commencé à disparaître de certaines missions (c'est la rançon du progrès). Le vol tactique, en surveillant sur l'EFIS le petit avion suivre le trait blanc… Quel confort ! La carte ne servait plus qu'à confirmer la position, et il y eut soudain beaucoup moins de confusions entre les nombreuses vallées orientées Nord/Sud et situées entre Tarbes et l'Isle-en-Dodon !

La phase de doute vis-à-vis de ce nouveau système est maintenant derrière nous, et malgré notre faible expérience de la nouvelle avionique, c'est avec confiance que nous l'utilisons à présent. Ceci résume mon état d'esprit en ce vendredi après-midi, après trois heures et vingt minutes de vol le matin et un bon repas au mess officier, lorsque sonne le téléphone de mon bureau.

« Comment ? L'alerte décolle ? Et alors, je ne suis pas d'alerte ! Comment ? Un des pilotes désignés ne peut pas partir ce soir ? » Comme bien souvent, l'alerte est « en bois » ! C'est-à-dire que les noms figurant sur la feuille d'ordres sont là pour mémoire, et qu'en cas de déclenchement, un nouvel équipage sera constitué en tenant compte des nouveaux impératifs. A 15 h, le vendredi après-midi, les impératifs de tout un chacun sont assez simples : trouver un moyen simple et efficace de partir en week-end. Donc, comme j'habite tout près de la base, que je n'ai rien de spécial de prévu et que j'ai beaucoup de mal à dire non, me voilà embarqué dans cette galère.

Je rejoins le bureau des opérations pour constater que je vais faire équipe avec Fabrice, un peu plus jeune que moi sur Transall, camarade de classe lors de la transformation sur avion rénové, mais d'origine militaire bien plus noble, puisqu'il est passé par Salon-de-Provence. C'est donc lui qui va assumer les fonctions de commandant de bord ce soir. Et tout de suite, je vois qu'il a un premier problème à régler : la constitution de l'équipage.

Le but de cette mission est en effet d'aller chercher une partie de l'équipage du porte-avions Clémenceau à Hyères, pour les conduire à Landivisiau. C'est un vol classique, à réaliser chaque fois que nos matafs rentrent au bercail. Nous ne sommes bien sûr pas seuls sur cette affaire : un Hercules et deux autres Transall sont également mobilisés. Et il va de soi que nous allons rentabiliser la balade : les quatre-vingt-dix places de la soute de notre cargo géant vont être occupées. Or, pour un vol comme celui-ci, au vu de la simplicité de la navigation – qui plus est avec notre équipement intergalactique –, nous n'avons pas besoin d'incorporer un navigateur dans l'équipage. Il suffit seulement de deux pilotes et un mécanicien navigant pour faire fonctionner l'avion, et un mécanicien de soute pour présider au bien-être de nos passagers. Oui mais voilà, une réglementation pleine de bon sens stipule que, au-delà de cinquante passagers, il faut au moins deux personnes en soute, pour raisons de sécurité...

Et c'est à ce moment-là qu'un processus pervers et typique du fonctionnement humain se met en place. Qui, et surtout, de quelle spécialité va être l'heureux élu de ce soir ? Pour les navigateurs, c'est une évidence : la mission ne nécessitant pas techniquement la présence d'un membre de leur corporation, le cinquième homme doit être mécanicien. Pour les mécaniciens navigants, c'est évident : un équipage de base est composé de deux pilotes, deux mécaniciens navigants, et un navigateur, point final ! Je jette un voile pudique sur les remarques plus ou moins élégantes qui seront faites ce soir-là, sans parler des méchancetés qui fusent à l'occasion. J'en profite donc pour m'éclipser et commencer à préparer le vol. C'est assez rapide, mais il nous faut quand même poser un plan de vol, vérifier les Notam, récupérer une protection météo, sans parler des calculs de carburant minimum. Lorsque je suis de retour, le sort est tombé sur un représentant de la mécanique. Plus un seul navigateur en vue, et ça fulmine pas mal du côté des boulons gras !

Fabrice et moi rejoignons nos trois mécaniciens sur le parking avion. Celui-ci, ayant déjà volé dans la journée, est rapidement prêt à partir. Dès le début des procédures avant mise en route, une ambiance qui est tout sauf sereine s'installe. La rigueur nécessaire au bon déroulement de notre travail est de toute évidence partie en week-end, comme la majorité de nos camarades. Les check-lists sont fréquemment interrompues par des remarques qui n'ont rien d'aéronautique et qui reflètent l'état d'esprit de notre équipage :

« C'est toujours pareil, le saucisson du vendredi soir ! Sièges ceintures et bretelles ?

– En état et attachés.

– Et puis les navigateurs, quand il s'agit d'aller au Brésil, ils sont là ! Formes 11 ?

– Consultées signées.

– En plus, moi, j'ai déjà volé aujourd'hui ! Quantité de carburant ?

– Moi aussi ! Huit tonnes vérifiées. »

Et ainsi de suite. J'exagère à peine la fréquence des interruptions. Nous ne sommes que trois à travailler avec nos deux mécanos de soute, qui n'ont rien d'autre à faire qu'à regarder… Donc ça discute ferme !

Bon an mal an, nous réussissons à décoller et mettons le cap sur la côte méditerranéenne. Comme nous sommes à la mi-juin de cette année 1998, il fait jour malgré l'heure tardive, et le spectacle mérite le détour. La Montagne noire, les Pyrénées, la côte qui se profile un peu plus loin : le bonheur ! Bonheur légèrement gâché par les discussions syndicales qui, loin de se calmer, redoublent d'ampleur. Tant et si bien qu'il n'y a bientôt plus aucun échange technique dans le poste de pilotage. « Et puis, va trouver un adjudant chef ou un major sur une mission comme ça ! » « Et chez les navigateurs, c'est pareil, c'est comme leur leader, il se tape tou-

jours les belles missions ! » Arrive ce qui devait arriver : un
« ding ! » interrompt soudainement la conversation.

« C'est quoi, ce bruit ?

— C'est une alarme du FMS !

— C'est une alarme POS. Laisse tomber ! J'ai déjà eu le cas
sur cet avion. C'est sans conséquences, il n'y a qu'à la clea-
rer* », répond le mécanicien en place centrale.

S'il le dit. Moi, ça ne me gêne pas, Fabrice non plus, et le
mécano en question a beaucoup plus d'heures que nous sur
ce système, donc… De plus, il faut dire que notre nouvelle
avionique génère bon nombre d'alarmes intempestives, ce
qui ne contribue pas à les traiter systématiquement avec le
sérieux nécessaire.

Deux « clear » d'alarmes POS puis GPS plus loin, nous
arrivons à Hyères. Là, nous sommes rapidement accaparés
par un autre problème : les avions d'Orléans arrivent en
même temps que nous, et si nous ne voulons pas encore
retarder notre départ en week-end, ce serait bien de ne pas
être les derniers à embarquer les passagers. Il va donc falloir que notre commandant de bord joue des coudes au
bureau de l'escale et négocie âprement. Jouer des coudes, il
connaît ça, Fabrice ! Il faut dire qu'il est naturellement
équipé pour : une stature de rugbyman, et un culot qui va
avec. Il n'a pas froid aux yeux et a tendance à en imposer !
De plus, l'insigne du CIET affichée sur sa poitrine devrait
dissuader les autres commandants de bord de réagir. En
effet, le CIET, c'est l'endroit où tout le monde passe – ou
rate – ses qualifications. Ca impressionne donc un peu.

Fabrice revient à l'avion avec un petit sourire aux lèvres :
« Allez, on ne traîne pas, on embarque les premiers ! »
Ovation bien méritée : il est fort, notre chef ! Nous embarquons donc notre cargaison de cocus – ben oui, il faut bien
qu'on les taquine un peu, nos marins adorés... surtout après

trois mois de mer ! Nous décollons de Hyères en tête de peloton. Fabrice nous avoue qu'il y est allé un peu fort. Il a quasiment marché sur les pieds d'un autre commandant de bord pour décoller avant lui. Après un tel fait d'armes, notre réputation ne va pas s'arranger… Mais bon, c'est un métier de grandes gueules et de caractériels, il faut assumer !

Il n'y a pas trop de monde ce soir, le trafic de fin de semaine diminuant en même temps que la soirée avance. Le contrôle nous donne une autorisation de procéder directement vers ARE, le VOR situé du côté des monts d'Arrée, hauts sommets de Bretagne. La traversée de la France en diagonale sans aucun point de report : ça, c'est du direct ! Du coup, nos logs* deviennent moins intéressants à remplir. Nous devrions continuer à les renseigner scrupuleusement, mais l'ambiance aidant, le pauvre bout de papier ne sert bientôt plus qu'à noter les changements de fréquences. Et puis, avec le FMS qui gère tout ça très bien tout seul, assisté de son GPS qui sait où il est à quelques mètres près, la vie est belle !

Cette belle vie continue sur le ton des conversations extra professionnelles, qui sont devenues moins agressives avec le temps qui passe. Et oui, le week-end se rapproche malgré tout, et l'effet de groupe contribue à créer une atmosphère plus chaleureuse. Nous faisons monter en cabine les passagers qui le demandent, et il y a pas mal de clients. Je surveille notre progression du coin de l'œil, et je dois dire qu'on avance bien, plutôt mieux que prévu même. Je vois le TOD* se rapprocher avec plaisir. Seul petit problème : je n'arrive pas à obtenir les paramètres météo de Landivisiau, comme si nous étions hors portée. Bizarre… Les contrôleurs doivent être en pause, comme d'habitude ! Je prépare malgré tout l'arrivée à partir des dernières données que nous avons prises à Hyères, et nous égrenons la check-list « avant descente ». Le moment arrive enfin de quitter notre niveau 200 pour plonger vers la côte bretonne. Fabrice affûte sa voix la plus virile : « COTAM 3861 pour débuter la descente ». Un blanc, comme si le contrôleur ne s'attendait pas à ce message, ce qui ne devrait pas arriver en pareil cas. « Oui, COTAM 3861. Descendez niveau 180... » Collationnement, puis mécontentement dans le poste. Qu'est-ce qui lui prend à ne pas nous laisser descendre ? On va se retrouver haut sur le plan et il faudra finir cul par-dessus tête ! Il est con, ou quoi ?

Nous entamons néanmoins notre descente, avec la ferme intention de revenir à la charge très tôt, comme tout bon pilote. « COTAM 3861 stable au niveau 180 pour poursuivre la descente ! » Nouveau blanc, plus long cette fois. Mais qu'est-ce qui se passe ? « COTAM 3861... descendez... niveau 160. » C'en est trop ! De qui se moque-t-on ? « COTAM 3861, on pourrait poursuivre notre descente ? », demande-t-on sur un ton qui en dit long. « Mais vous voulez descendre jusqu'où ? », nous répond-on, au bord de l'agacement. Explosion dans le cockpit : « Qu'est-ce que c'est que ce toquard ? Il a eu sa qualification dans un paquet de Bonux ? Nous voudrions simplement continuer à descendre pour nous poser ! » Non mais ! « Mais Monsieur, vous êtes encore à cent trente nautiques de Landi ! » Enfer et damnation ! Stupeur et putréfaction ! Notre système intergalactique nous indique que nous en sommes à trente nautiques à peine. C'est comme si le monde s'effondrait autour de nous. Une sorte de passage dans la quatrième dimension ! Nous nous regardons sans comprendre. De toute évidence, les alarmes précédemment rejetées avec légèreté n'étaient pas si intempestives que ça. Je sors une carte de navigation à vue pour essayer d'identifier quelque chose au sol. C'est le retour aux bases et à l'humilité la plus totale !

Dire que les autres avions sont sur la même fréquence. Ca doit rigoler dur dans les cockpits. Les grands chevaliers du CIET paumés entre Hyères et Landi ! Quelle déconfiture ! En attendant, nos recoupements de repères visuels et radios confirment le verdict du contrôleur : notre position FMS est décalée d'une bonne centaine de nautiques. Mais de façon curieuse : la position a évolué le long de notre progression. Il n'y a quasiment pas de décalage latéral, que nous aurions pu identifier grâce au VOR des monts d'Arrée. Ne cherchons pas d'excuses, nous nous sommes mis nous-mêmes dans une situation peu glorieuse. Je dirais même plus : pitoyable !

Heureusement, la récupération est facile. Nous arrêtons bien sûr de chercher à descendre, et repassons instantanément en navigation « à l'ancienne » : nous nous recalons sur les balises de radionavigation en confirmant notre position à vue à chaque fois que c'est possible. Pendant ce temps, le mécanicien navigant cherche à comprendre… Le reste du vol se passe sans souci, si ce n'est que nous affichons un profil particulièrement bas à l'escale de Landivisiau. Nous ne pouvons éviter les quolibets saignants : « Alors, on découvre les travers de la rénovation avionique ? » La plupart d'entre eux ont bien plus d'expérience que nous sur ce système. Ils n'ont pas mis longtemps à deviner.

Nos marins déposés dans les bras de leur dulcinée, nous décollons à vide vers Toulouse. Nous essayons de comprendre ce qui vient de nous arriver. Pour calculer sa position, le FMS utilise différents senseurs qui entrent leurs données dans le calculateur avec un certain « poids » – à titre d'exemple, 10 000 pour le GPS et 100 pour un DME. Le GPS, à cette époque, n'a pas moyen de vérifier son intégrité, et envoie donc des données considérées comme toujours bonnes. Les alarmes ont essayé de nous prévenir que les différentes informations devenaient incohérentes, mais en l'absence de réaction de notre part, le système a réagi comme tout bon ordinateur : il a pris la position ayant le plus de poids comme seule et unique information valide. Et nous avons donc navigué pendant un peu plus d'une heure en suivant une position GPS qui avait décidé de partir en week-end avant nous !

Dans un premier temps, je ne me suis pas vanté de cette mésaventure. La honte, sans doute. Et puis un peu d'orgueil, aussi. Ensuite, comme j'étais à cette époque instructeur en facteur humain, j'ai utilisé cet exemple pour illustrer certains chapitres de mes cours, en particulier ceux sur l'excès de confiance et les dangers des systèmes automatiques mal utilisés. Rien de tel que l'autodérision pour capter l'attention des stagiaires ! Depuis lors, j'ai aussi mis à profit cette expérience pour moi-même et mon utilisation des systèmes modernes. Et enfin, honteux et confus, j'ai juré, mais un peu tard, qu'on ne m'y reprendrait plus !

FEU MOTEUR SUR LA MÉDITERRANÉE

La redondance est l'une des clés de la sécurité en aéronautique. Dès que la conception d'un système amène à penser que son infaillibilité n'est pas suffisante, ce système est doublé, voire triplé. Cette notion est tellement ancrée dans les esprits de ceux qui volent que l'on entend souvent des réflexions de ce genre : « Comment ? Tu n'as pas de double allumage sur ton moteur ? » C'est oublier que, si dans la chaîne globale de fonctionnement du moteur, certains systèmes sont doublés, tout ne peut pas l'être. Et quand bien même, si tout pouvait être doublé, il y aurait encore possibilité de double panne. Vous allez me dire que la double panne n'est pas une chose envisageable, et vous aurez raison. C'est cependant sans compter sur les Gremlins, ces êtres qui nuisent aux Lutins travaillant au bon déroulement du vol – lisez les « *Contes à tire d'aile* » de Jan Tutaj pour en savoir plus.

Le système de détection d'incendie installé sur le moteur Rolls Royce Tyne du Transall est, bien sûr, doublé. Chacun des circuits commande l'allumage d'un voyant indépendant dans le poste de pilotage. L'un allume un voyant rouge sur la poignée incendie située au panneau plafond, l'autre un voyant rouge sur le levier combiné – qui permet d'ajuster le carburant et passer l'hélice en drapeau – placé sur le piédestal. Ces deux circuits courent tout le long des moteurs, fixés à distance régulière par de petites pattes métalliques. Il peut arriver qu'une de ces attaches se crique et que le circuit se mette à la masse. Il y a alors déclenchement d'une alarme feu incomplète. Dans ce cas, pour lever le doute, le mécanicien navigant teste le circuit qui n'a pas déclenché d'allumage de voyant. Si ledit circuit fonctionne, on en conclut qu'il s'agit d'une alarme intempestive. En revanche, si le test de ce circuit révèle qu'il est défectueux, on considère dans le doute qu'il y a feu, et on applique la procédure feu moteur. C'est simple, carré, et ne peut donc pas ouvrir la porte à des débats stériles. Sauf si…

Ce jour de novembre 1997, nous décollons de Francazal au petit matin. Destinations : Monastir dans un premier temps, avec espoir d'arriver le soir même à N'Djamena. Nous sommes en équipage « sympa » : le commandant de bord est encore mon copain Fabrice, et nous ne sommes pas en mission d'instruction. Bref, des vacances ! L'ambiance est au mieux, travail sérieux sans « prise de tête »… Car il n'est pas nécessaire de se prendre au sérieux pour l'être réellement !

Nous déroulons chacun nos petits calculs, une estimée par-ci, un pétrole par-là, les comparant régulièrement tout en invitant de temps en temps le FMS, que nous avons à présent réussi à apprivoiser ! Les survols maritimes sont en général assez calmes. Il n'y a pas grand-chose à voir dehors, et la foule est bien moins dense que sur le territoire de la métropole. Cet état de fait associé à une nuit un peu courte conduit forcément à une légère hypovigilance, sans gravité d'ailleurs. En général, il faut bien peu de choses pour passer de cet état à une surexcitation intense. Tiens, puisqu'on en parle !

L'alarme sonore retentit soudain, alors qu'un voyant rouge apparaît sur le bandeau d'alarmes – le sapin de Noël !

Il n'y a pas beaucoup d'alarmes rouges sur ce bandeau : il s'agit donc de quelque chose de grave. « Feu confirmé moteur droit ! », annonce immédiatement le mécanicien. Il faut réagir vite. Mais avant que quiconque ait pu dire quoi que ce soit, l'alarme disparaît. Je regarde Fabrice, puis le mécanicien navigant. Tout deux ont les yeux comme des soucoupes. Qu'est-ce que c'est que ce truc ?

Nous commençons à échanger quelques mots incertains. Il faut dire qu'il existe peu de procédures pour ce genre de cas. Notre conversation est très vite interrompue par un « biiiip… bip… bip… biiiip » hésitant comme un stagiaire après une question vache de l'instructeur. Puis à nouveau le silence – enfin, le silence dans un Transall est une notion toute relative. Alors là, c'est la confusion totale dans toutes les cervelles du poste.

« Mais c'est intempestif ou pas ?

– Non, il y a bien allumage des deux voyants !

– Va voir derrière aux hublots si ça fume ! »

Le mécanicien de soute fonce à l'arrière. Pas de fumée. Un petit « bip » retentit de temps en temps. Et si c'était un feu en train de couver ? Il faut faire quelque chose.

« Tu me confirmes que c'est bien une alarme feu confir-mée ?, demande Fabrice au mécanicien de conduite.

– Oui, pas de doute possible.

– Bon, si jamais ça recommence… »

« Biiiiiiiiip ! », et puis plus rien. « Fait chier ce truc ! Au prochain, on déclenche la procédure ! » Silence à nouveau pendant quelques minutes, puis retentit un nouveau « biiiiiiiiiiip ! » « OK, procédure feu moteur ! » Enfin quelque chose de normal et de connu. Le mécanicien coupe le moteur et déclenche les extincteurs. J'affiche la puissance maximum continue sur le moteur restant et informe Fabrice :

« Notre déroutement actuel est Ajaccio !

– OK, me répond-il. Marseille contrôle du COTAM 1664, MAYDAY MAYDAY MAYDAY ! Nous sommes à 35 nautiques au sud de Ginox au niveau 190, avec un moteur arrêté suite à un feu. Nous voulons descendre au niveau 100 et prendre un cap direct sur Ajaccio ! »

La réponse du contrôle ne se fait pas attendre ; nous faisons demi-tour en descendant vers notre plafond de rétablissement. Je prépare l'arrivée à Ajaccio pendant que le navigateur prévient nos opérations de cet événement imprévu. Ca va permettre de préchauffer le dépannage.

Le reste du vol se déroule comme à l'exercice. L'arrivée sur Ajaccio est des plus directes : les véhicules de secours sont là, gyrophares en marche, et je me fends même d'un kiss à l'atterrissage – certains diront : « c'est facile, avec un Transall ! » et je répondrais oui, mais quand même !

Quand les moteurs sont arrêtés, les problèmes de bas étages commencent : il faut trouver de quoi se loger sur la base marine locale, coordonner le dépannage, préparer la poursuite de la mission. Un autre équipage du CIET se prépare à nous emmener l'équipe de dépannage avec un autre avion, le RA02, que nous utiliserons pour continuer le vol. Pendant ce temps, l'autre équipage attendra la fin du dépannage, et rentrera ensuite à Toulouse avec notre pauvre R53.

En attendant l'arrivée des spécialistes, nos mécaniciens navigants ouvrent les capots, et constatent qu'il n'y a jamais eu de feu là-dedans Mince alors, misère de grenouille ! Une double alarme intempestive… On va avoir du mal à être crédibles ! C'est une première à ma connaissance et personne d'autre dans l'équipage n'en a jamais entendu parler non plus. L'équipe de dépannage n'aura plus qu'à nettoyer les dégâts de l'extincteur. Leurs investigations confirmeront heureusement que les deux circuits de détection étaient à la masse. La suite de notre mission se passera sans problèmes, en visitant Monastir, N'Djamena, Douala, Libreville et retour à Toulouse par le même chemin, après presque trente heures de vol.

Cet incident restera pour moi une source de réflexion en ce qui concerne la confiance que l'on peut accorder à un système, aussi sécurisé soit-il. Nos ingénieurs font de fabuleux calculs pour estimer les probabilités d'occurrences d'une panne. Cela finit par des dix puissance moins… et de savantes considérations. « Nous n'envisageons pas la panne de ce système, il n'aura donc pas de *back up* ». Ou encore, « ce système est doublé, voire triplé. L'équipage ne pourra donc pas perdre cette fonctionnalité ». Et pourtant… Toutes ces belles phrases ne sont que des mots face à la réalité. Depuis cette anecdote, j'ai écouté patiemment – avec un petit sourire aux lèvres, quand même – les pilotes raconter comment ils confiaient leurs vies – et parfois celle des autres – à des machines en argumentant sur la fiabilité de leurs systèmes…

Dans le même genre d'histoire, il faut lire le livre de Bernard Ziegler, « *Les cow-boys d'Airbus* ». Il y raconte comment un Airbus d'Air France, décollant de Tel Aviv, s'est vu confronté à une alarme feu confirmée sur les deux moteurs. Les quatre circuits confirmaient donc la présence d'un incendie. Ils avaient tout simplement été incorrectement montés, tous les quatre de la même manière !

J'hésite à ajouter une conclusion toute personnelle : au cours de ma carrière sur Transall, j'ai fini cinq fois en monomoteur (N-1) à la suite d'une panne. Ce qui fait environ une fois toutes les mille heures de vol. Mais je connais des pilotes qui, sur une période à peu près équivalente, ont connu quinze ou vingt pannes du même genre ! Je ne crois pas trop au hasard, il doit y avoir un truc… A moins que les Lutins et les Gremlins existent réellement, ce qui apporterait une réponse satisfaisante à la question. Mais évidemment, vous n'êtes pas obligé de me croire !

LEURRES SUR VEZON

Les Transall autoprotégés sont équipés d'un détecteur d'ondes radar, appelé RWR*. Il est associé à un petit écran en cabine qui permet d'avoir une idée de l'endroit où les radars de veille d'acquisition ou de tir se trouvent. Dans les faits, les choses ne sont pas aussi simples, car, pour certaines raisons techniques, les informations délivrées par ce détecteur demandent une interprétation poussée.

Au RWR s'ajoute un détecteur d'arrivée missile, le DAM, qui émet une sorte de bulle doppler autour de l'avion. Il est ainsi capable de détecter tout missile qui pénétrerait dans la bulle. Pour la petite histoire, afin de tester ce « truc », les équipages du CEAM* de Mont-de-Marsan ont dû survoler un champ de tir en vol rectiligne horizontal alors qu'au sol, on envoyait une roquette pas trop loin de l'avion !

Enfin, ce système d'autoprotection ne saurait être complet sans un bon lance-leurres, capable d'envoyer des cartouches infra rouges – IR, des pétards de feu d'artifice –, électromagnétiques – EM, l'équivalent des « windows » balancées à la pelle par les équipages de B-17 – ou encore électrooptiques qui permettent de déjouer les systèmes de visée optiques. Ce lance-leurres a été installé à l'arrière du fuselage de l'avion et permet ainsi de reconnaître un Transall autoprotégé au premier coup d'œil.

Tout cet attirail est malheureusement loin de fonctionner de façon instinctive pour l'équipage, d'où la nécessité de suivre des stages de formation relativement longs. Il faut ingurgiter une semaine de théorie à Toulouse – beurk ! –, puis une semaine de vols. Ces vols peuvent avoir lieu dans différents endroits, par exemple autour de Mont-de-Marsan, dont la base aérienne dispose d'un escadron de défense sol-air qui permet de mettre en pratique les théories, et également d'un escadron de chasse pour les vols d'entraînement air-air – et oui, la bataille d'Angleterre en Transall !

Mais le haut lieu de l'entraînement aux missions d'auto-protection reste le PGE*. Situé sur la frontière franco-alle-mande, il inclut, entre autres, les sites de Grostenquin, Epinal, Chenevières, Ramstein... Y sont implantés des systèmes capables de simuler les émissions d'un radar associé à une menace sol-air, la plupart du temps les fameux SAM* ex-soviétiques. A Grostenquin, il est même possible de tirer des « smokey SAMs ». Ces espèces de feux d'artifice simulent la traînée de fumée laissée par le départ d'un SATCP*, tel que le fameux SA-7.

Nous sommes en janvier 2001, et j'achève à Metz la forma-tion d'un groupe de pilotes. Pour des raisons liées à la rudesse de l'hiver lorrain, la session n'a pas donné les résultats escomptés. La météo n'a pas été brillante, c'est le moins qu'on puisse dire. Pour couronner le tout, nous avons eu droit à de la neige et de bonnes gelées. Ce genre de vols s'effectuant en très basse altitude, voire très très basse, les cent mètres mini-mum ont souvent été écrasés dans le feu de l'action.

En effet, malgré les différents bidules et gadgets conçus pour déjouer les autres bidules qui cherchent à nous envoyer par terre, la meilleure parade reste, d'abord, d'éviter d'appro-cher ces dangereux joujoux. Ensuite, si par malheur, on en rencontre un qu'on n'attendait pas, mieux vaut virer brutale-ment et descendre le plus bas possible. Et le plus bas possible, en Transall, ça veut dire entre les arbres, à la hauteur des véhicules ! Ca semble exagéré, et c'est bien sûr interdit dans la plupart des coins du monde – à peu près partout, je crois –, mais c'est une réalité. En France, ça n'arrive que par mégarde, et bien loin des zones habitées. En Afrique, ça arrive déjà nettement plus – loin des yeux, loin du... – et c'est même pratiqué sciemment. C'est d'ailleurs un gros problème de sécurité des vols pour le commandement, qui ne sait pas comment juguler l'ardeur de ses équipages, ardeur qui serra bien nécessaire en cas de conflit, quel qu'il soit !

Malgré les grosses bouffes au restaurant du fort à Saint-Julien – vive les patates au fromage blanc et le vin d'Alsace ! –, notre stage a été décevant. Beaucoup de vols ont dû être annulés, en particulier le dernier. En cette fin de session, les paniers lance-leurres de notre avion sont donc pleins, chargés de leurres électromagnétiques. Nous n'utilisons pas d'autres leurres en entraînement au-dessus du sol. Trop dangereux, les leurres infrarouge risqueraient de déclencher des incendies – pourtant, en Lorraine, l'hiver... Affublés d'un avion transformé en vraie machine de guerre, nous ne pouvons donc pas effectuer l'habituelle tournée des popotes de fin de stage (Metz – Orléans – Evreux – Mont-de-Marsan – Toulouse) afin de déposer chez eux les différents protagonistes de l'affaire. La bonne décision serait de sortir les leurres de l'appareil et de les remiser dans leurs caisses de transport. Mais voilà, il pleut, il fait plutôt froid... Higgins, l'un des navigateurs, a donc une idée géniale : « On n'a qu'à décoller avec les leurres et les larguer pendant la montée ! Cela permettra aux stagiaires d'assister à un vide-vite et de voir comment les paniers sont vidés en quelques secondes. » Joyeuse idée, qui ne me plaît qu'à moitié, à moi qui, en tant que commandant de bord du jour, ai à prendre la décision finale.

Ici, une remarque s'impose concernant le système de désignation des commandant de bord. Quand j'ai débuté sur Transall, pilotes et navigateurs étaient sur un pied d'égalité pour prétendre à ce poste. A partir du moment où l'individu avait la qualification requise, et ce quelle que soit sa spécialité, il suffisait de comparer ancienneté et qualifications additionnelles pour désigner le commandant de bord. Au CIET, le paramètre « recrutement » intervenait également. Un pilote issu de l'école de l'Air et promu à une rapide montée des échelons pouvait être désigné commandant de bord aux côtés d'un officier sous contrat cumulant cinq fois plus d'heures de vols que lui.

A une certaine époque, les navigateurs pouvaient donc être désignés commandants de bord aux côtés de deux pilotes qualifiés pilotes opérationnels, c'est-à-dire juste lâchés, et ce, y compris dans les phases de décollage et d'atterrissage. La situation a évolué au cours des années 90, en privant les navigateurs du commandement sur les vols logistiques, et en transférant cette fonction au pilote le plus qualifié pour tous les vols dans les phases de décollage, d'atterrissage et d'urgence. Les navigateurs ont d'ailleurs changé de nom pour devenir navigateurs officiers systèmes d'armes, ou NOSA. Ces diverses considérations n'ont que peu de conséquences la plupart du temps. Cependant, dans les cas parfois épineux ou les assemblages humains mal réfléchis, vous imaginez ce que ça peut donner !

Revenons à notre cas d'étude : je suis commandant de bord avec trois navigateurs, dont deux sont plus anciens que moi, le dernier étant moins ancien mais ayant organisé toute la logistique du stage. Chaque prise de décision entraîne des discussions le plus souvent amicales, mais qui peuvent parfois s'animer et qui restent toujours pénibles pour le décideur.

Je ne suis pas chaud pour décoller avec les leurres – ben oui, c'est moi qui prends le risque, après tout. Ma réserve est renforcée par mon expérience : j'ai déjà pratiqué ce petit jeu, et cette fois-là, l'un des leurres était resté dans son logement, et il avait fallu tout démonter à l'étape suivante. Nous en restons malgré tout à l'idée initiale : nous décollerons avec les leurres, nous les larguerons dans la montée et les petites paillettes, fines comme des cheveux, se disperseront dans l'atmosphère sans que personne ne s'aperçoive de quoi que ce soit !

Ces fameuses paillettes, contenues dans des cartouches de leurres électromagnétiques de la taille d'un pot de yaourt, ont déjà fait parler d'elles dans les chaumières. Quand on les largue, elles sont censées se disperser – et oui, pour former un nuage intéressant pour un radar, sinon ça ne sert à rien – et tomber très lentement vers le sol pour quasiment disparaître. Quasiment, mais pas totalement. Quelques paisibles contribuables, voyant ces paillettes tomber un peu trop souvent dans leurs champs, se sont ainsi demandés si elles ne représentaient pas un danger pour les êtres vivants, et en particulier pour les vaches qui broutent ce qui leur tombe sous les naseaux sans se poser de questions. Une étude a donc été menée sur le sujet. Les conclusions ont établi que les paillettes ne posaient aucun danger… Certes, nos pétafs – les armuriers – les manipulent avec des masques, des gants, une tenue adaptée. Mais ça, c'est sûrement pour autre chose…

Nous voilà donc au matin du départ. Dès le réveil, je commence à me faire du mouron. On n'y voit pas à plus de cinquante mètres, et en plus, il gèle ! La visite traditionnelle aux services de prévision météo confirme le problème : brouillard givrant ! Et là, comme d'habitude dans ce genre de situation, commencent des palabres à n'en plus finir

– n'oubliez pas que nous sommes un certain nombre de pilotes et navigateurs tous qualifiés pour prendre ce genre de décision :

« C'est interdit de décoller avec du brouillard givrant !

– Mais il n'est pas très épais !

– Et ça va se lever. Il n'y a pas grand-chose au-dessus, ça devrait chauffer un peu !

– On pourrait décaler le départ, ça nous laisserait le temps de voir…

– Ah non ! Moi, j'ai des trucs à faire. C'est déjà assez contraignant de faire le tour de France pour rentrer à Toulouse ! »

Dans un tel merdier, le spécialiste météo lui-même ne se hasarde pas à donner son avis. Je décide donc de décaler le vol d'une heure, pour voir l'évolution. Mais je sais bien qu'une si fine couche de stratus collée au sol sera bien vite traversée ; en mettant en fonction tout l'antigivrage du Transall avant le décollage, on ne risque pas grand-chose.

L'heure est passée. Mais le brouillard est encore là, et il gèle toujours. Je décide d'y aller, en accord avec une partie de l'équipe. Une autre partie ronchonne… Ma décision leur donne tort, et qui, parmi les caractériels que sont les navigants, aime avoir tort ? Mais une décision est une décision, et nous embarquons à bord de notre fidèle destrier. A cheval, comme on dit encore parfois.

L'avion a été aspergé de liquide dégivrant. Les procédures sont déroulées selon la mécanique habituelle. Nous décollons avec tout l'antigivrage possible, et émergeons en quelques secondes hors de la couche givrante. Nous nous détendons en rangeant le problème météo parmi les affaires classées. Reste maintenant notre histoire de leurres. Je demande à Higgins s'il les a déjà balancés. Il était en effet prévu de faire un vide-vite après décollage. Il me répond que non, mais qu'il va le faire maintenant. Quelques secondes plus tard, il m'annonce la fin du vide-vite. L'opération n'a pas traîné… Encore un problème en moins !

Le vol vers Orléans se poursuit dans la routine habituelle et fastidieuse des échanges radios. Ca change des exercices guerriers que nous venons de faire ! Avant de se poser à Orléans, le contrôle me donne cependant un numéro de téléphone à appeler dès l'atterrissage. Bizarre ! On échange quelques regards dans la cabine. Quèsaco ? Comme souvent, je pose l'avion en pensant à autre chose, avant de filer à l'escale pour passer ce mystérieux coup de téléphone.

Je me retrouve en contact avec un contrôleur de Metz, qui me demande si nous n'aurions pas perdu quelque chose en vol. Ils ont en effet reçu des appels d'un village situé sous la trajectoire de décollage. Certains habitants auraient vu des objets tomber du ciel sur leurs maisons et dans la rue. Mince, nos leurres ! Je le rassure : nous allons bien et n'avons rien perdu de vital. Ce serait même un peu volontaire, donc pas de panique. Je raccroche. Zut ! Il faut trouver un moyen de crever cet abcès avant qu'il ne dégénère. Je retourne à l'avion et en discute. Evidemment, personne n'a de solution miracle. Comment nos leurres ont-ils pu arriver au sol en un seul morceau ? Mystère !

Nous redécollons vers Evreux. Arrivés à Evreux, le même scénario se reproduit : je fonce donc à l'escale, je téléphone, et là, surprise : je suis en ligne avec la gendarmerie de l'air de Metz. Mêmes discussions sur le thème du bombardement aérien, avec quelques variations : « les objets largués présentent-ils un danger pour la population ? » Heureusement qu'il n'y a pas de visiophone ! « Un danger ? Comment donc, brigadier ? Pas à ma connaissance. » Aïe aïe aïe ! La conversation prend une tournure qui ne me plaît pas.

Je retourne à l'avion. Je commence à être franchement inquiet. Gendarmerie veut dire enquête, et enquête veut dire emmerdements, même si on n'a rien à se reprocher. Et dans le cas présent, nous avons quand même quelque chose sur la conscience. Notre petite manip' n'était pas tout à fait orthodoxe ! Nous élaborons une stratégie pendant le vol vers Mont-de-Marsan. Nous faisons bien, car, arrivés à Marsan, devinez quoi ?

Pas de numéro de téléphone à appeler dès l'atterrissage. Cette fois-ci, ce sont les gendarmes de Marsan qui nous attendent en personne au pied de l'avion. Je les accompagne au poste et leur sert le même discours. « Je vous jure, Monsieur l'agent, on n'est pas des malhonnêtes. Il s'agit simplement d'une petite décision de rien du tout qui a croisé bêtement la loi de Murphy… » Bref, je repars vers mon avion et nous redécollons vers Toulouse, en nous demandant ce qui nous attend là-bas. Je commence à avoir des papillons dans l'estomac. En plus de la fatigue de la semaine… Vivement que ça se termine !

A Toulouse, l'accueil est à la hauteur de l'événement : pendant que nous roulons vers le parking, je vois arriver une voiture que nous connaissons trop bien : le commandant de base ! Il est suivi de près par le commandant du CIET, mon chef direct, un gentil gars qui a dû terroriser les trois quarts des individus qu'il a croisés dans sa vie, et qui a laissé derrière lui une légende égale à celle de Gengis Khan ! Je relate à nouveau notre aventure, en cherchant des explications techniques : les cartouches de leurres ont pu s'imprégner d'humidité pendant la journée de pluie, alors que nous attendions un créneau volable, puis geler au point de former un petit bloc de glace et de paillettes. Le liquide de dégivrage a-t-il pu couler dans les cartouches et produire le même effet ? Pourtant, ces satanées cartouches sont protégées par un opercule en plastique, gros comme un couvercle de pot de yaourt, qui est censé les protéger, et qui doit être la seule chose que l'on peut retrouver au sol. En attendant, le commandant de base et Gengis Khan sont plutôt sympas. Le grand chef me conseille même d'aller me reposer et de boire un bon verre de whisky. Venant de lui, qui fait la chasse à l'alcool sur la base, c'est assez cocasse ! J'apprends tout de même l'origine de nos soucis : un journaliste (ou un correspondant) du *Républicain Lorrain* se trouvait dans le village de Vezon au moment de notre décollage. Il a assisté à la pluie de leurres – vu d'en dessous, je comprends que ça devait tout de même être inquiétant – et a relayé l'info au plus vite. Nous avons donc droit aux honneurs du *Républicain Lorrain* dès le lendemain, mais aussi et assez rapidement à ceux du *Monde*, de *Libération*, de la *Belgique Libre*, et d'un journal allemand dont j'ai oublié le nom – Ralph, un copain de la Luftwaffe, en a profité pour nous téléphoner en rigolant franchement !

Voici l'article tel qu'il est paru dans le *Républicain Lorrain* :

Leurres antimissiles « lâchés » sur Vezon

Rarissime ! Un avion Transall basé à Toulouse, qui venait de décoller de la BA 128 de Metz-Frescaty, a éjecté par erreur, hier matin, ses leurres antimissiles au-dessus du village de Vezon. Fort heureusement, cette pluie de petites boîtes bourrées de filaments électromagnétiques n'a blessé personne. L'armée de l'Air a ouvert une enquête.

METZ - 11 h 30, hier matin dans le village du Pays messin célèbre pour ses mirabelles et son vin gris : des bruits secs attirent certains habitants hors de chez eux. Ils découvrent sur le sol de petites boîtes cylindriques de cinq centimètres de diamètre, en plastique transparent, bourrées pour certaines de touffes de poils gris brillants, en laine de verre et aluminium ! De quoi se demander si on n'a pas trop poussé sur le Gris de Vezon... Des leurres antimissiles, apprendra-t-on auprès du colonel V., qui commande la BA 128 de Metz-Frescaty *(lire par ailleurs)* ! Une pluie de quatre-vingt trois petites boîtes, d'une trentaine de grammes chacune, qui est tombée sur le centre du village d'un Transall qui volait alors à quelques 1 000 à 1 500 pieds, soit plus de 300 m d'altitude, dans l'axe de la piste de la base aérienne de Metz-Frescaty. Les rues étaient presque désertes et les enfants n'étaient pas encore sortis de l'école d'Ars-sur-Moselle. Les habitants du village ont tout de même retrouvé et ramassé des boîtes de leurres dans un rayon de deux cents mètres. Le colonel V. a tenu à préciser que ces leurres ne représentaient aucun danger pour la santé, car leur matériau, en laine de verre, aluminium et plastique, est inoffensif. Sauf à vous tomber sur le crâne, de trois cents mètres de hauteur ! Ce qui ne fut heureusement le cas pour personne à Vezon. Ces leurres avaient été embarqués sur le Transall et étaient installés dans des étuis de lancement placés sur les flancs de l'appareil. Pourquoi et comment ont-ils été déclenchés ? Une fausse manœuvre de l'équipage, une erreur du système de commande, de l'informatique embarquée à bord ? Seule l'enquête menée par l'armée de l'Air et la gendarmerie permettra d'en savoir plus ce cet incident jugé « rarissime » par le colonel commandant la BA 128 de Metz-Frescaty.

Les enfants étaient à 1'intérieur de l'école

« Quelle surprise pour les élèves et moi-même, quand nous sommes sortis de classe, en fin de matinée ! », explique

Mme Delattre, directrice de l'école maternelle de Vezon. « Nous avons découvert les petites boîtes dans la cour. Nous n'avions rien entendu. J'ai immédiatement alerté la mairie. Heureusement, les enfants étaient à l'intérieur quand l'avion a survolé Vezon ! »

Le colonel V. : « Un incident rarissime ! »

« L'incident est rarissime. Seule l'enquête nous permettra d'en savoir plus sur ce qui s'est passé au-dessus de Vezon », confie le colonel V., qui commande la BA 128 de Metz-Frescaty. « L'avion de transport Transall avait décollé de la BA 128 pour rallier sa base de Toulouse via Evreux. Il était équipé de lanceurs de leurres électroniques antimissiles situés sur la « peau » de l'appareil. Ces leurres sont des filaments de laine d'aluminium conditionnés dans des petits boîtiers de plastique de cinq centimètres de diamètre sur trois d'épaisseur. Des matériaux sans danger. Leur rôle, lorsqu'ils sont envoyés par l'avion, est de perturber, de leurrer par un champ électromagnétique la trajectoire de missiles tirés contre l'appareil. Ce que l'enquête nous dira, c'est pourquoi le lance-leurres s'est déclenché au dessus de Vezon, juste après que le Transall a décollé, à 1 000 ou 1 500 pieds dans l'axe de la piste de Frescaty. Aux premières nouvelles, il n'y a eu ni blessés ni dégâts importants dans la commune de Vezon. Mais nous sommes prêts à étudier tous les cas qui nous seront soumis. »

Richard BANCE

La suite n'est malheureusement pas délectable. Même si l'affaire n'aura pas, pour nous, de conséquences fâcheuses, on n'hésitera pas à nous reprocher notre inconscience. Comment peut-on penser à faire une chose pareille ? C'est irresponsable ! Ce n'est pas faux, mais ça occulte quand même un vrai problème. D'une part, cette mésaventure aurait pu arriver à n'importe qui avant nous. Certes, nous avons leurré à basse altitude sans avoir la vue du sol. Mais qu'en était-il des missions d'entraînement air-air effectuées à haute altitude ? Comment maîtriser la position du point de chute de leurres défectueux largués à une altitude de quinze ou vingt mille pieds ?

Une mésaventure identique était arrivée à un avion de patrouille maritime Atlantique de l'aéronavale quelques mois plus tôt. Les villageois avaient rapporté les « pots de yaourt » à la gendarmerie la plus proche en souhaitant de tout cœur que l'avion n'ait pas eu de problème technique… Nous n'avons pas eu autant de chance, la pluie artificielle que nous avons déclenchée ayant permis à certains d'accéder au sensationnel.

L'autre point important est plus technique. Qu'en est-il de l'efficacité opérationnelle de dispositifs qui ne résistent ni au froid, ni à l'humidité ? Dans la phase préparatoire de notre mission, nous n'avons rien fait qui soit contre indiqué. Imaginons maintenant qu'au lieu de partir pour une banale mission logistique, nous soyons partis faire la guerre. Quelle aurait été la réaction d'un missile face à un leurrage du même style que celui que nous avons déclenché sur Vezon ?

De toute évidence, quelques petites boîtes tombant rapidement au sol ne peuvent produire l'effet d'un nuage de paillettes. Quant aux conditions « extrêmes » qu'ont rencontrées nos leurres avant qu'il leur soit demandé de fonctionner, elles sont celles de tout vol effectué à la mauvaise saison, ou encore à haute altitude pour un vol « haut bas haut ». Il y a donc un vrai problème technique, et plutôt que de se poser la bonne question, nos responsables ont préféré interdire toute forme de leurrage au-dessus du territoire.

Dans les jours qui ont suivi, mis à part la lecture de la presse et de ses articles sur le sujet, les journées ont été ponctuées de briefings pour raconter notre histoire, et bien sûr essayer d'en donner une explication. Je n'ai pas trop à me plaindre, je ne peux pas dire qu'on m'ait reproché grand-chose. Mon camarade Higgins, au contraire, en a pris pour son grade, ce qui n'était pas complètement juste à mon avis. Je crois que depuis, il a quitté l'armée de l'Air, et travaille comme copilote dans une compagnie aérienne. Grand bien lui fasse ! Il a toujours été passionné, déterminé, et actif. On a bien souvent ce que l'on mérite !

La meilleure façon de voler

VOL DE MONTAGNE EN TRANSALL

Le vol en montagne, c'est facile. La preuve : parmi les avions de transport tactique, et pour la période pendant laquelle j'ai été en activité, on n'a dénombré « que » deux accidents majeurs, celui d'un Transall détruit en Corse – l'équipage s'en est tiré –, et celui d'un Casa 235 détruit dans les Pyrénées – les sept membres d'équipage ont péri. Le premier, après un décollage de Calvi, voulait rejoindre Solenzara en coupant par la montagne. A la suite d'une erreur de navigation, ils se sont engagés dans une vallée qui se finissait en cul de sac. Le commandant de bord a repris les commandes à temps pour cabrer l'avion, et le poser, alors qu'ils étaient entrés dans la couche nuageuse, dans un couloir d'éboulis très en pente et moins large que l'avion. L'épave aurait dû redescendre dans la pente, mais les moignons d'aile ancrés dans les parois l'ont bloqué là. Il a fallu la dynamiter pour redescendre les morceaux dans la vallée !

Le deuxième accident est bien plus dramatique. Le Casa 235 était en exercice de parachutages à Pamiers. Après avoir largué ses para, et pour leur laisser le temps de rejoindre le sol, le commandant de bord décida de faire une virée dans les montagnes toutes proches. Voilà donc l'équipage en route vers Tarascon-sur-Ariège, à basse hauteur et sans aucune préparation. Ils continuèrent ensuite vers Vicdessos, puis vers le port de Lers. Voyant que le passage du col promettait d'être difficile, le pilote entama un virage à droite vers le pic des Trois seigneurs, à 7 215 pieds. Le Casa était bien sûr incapable de franchir un tel obstacle : l'avion décrocha et s'écrasa sur le flanc de la montagne. A la suite de l'accident du Transall, et après d'autres missions en milieu montagneux ayant laissé des souvenirs émus à leurs équipages – notamment lors de parachutages au profit des populations kurdes –, il fut décidé d'instaurer un vol d'instruction en montagne au profit des pilotes et navigateurs d'avions tactiques. Les équipages de Casa ne bénéficièrent pas de ce vol. L'accident du pic des Trois seigneurs en est-il une conséquence ?...

Ce vol a lieu au cours du stage « pilote opérationnel » qui intervient un peu plus d'un an après la qualification sur l'avion. Selon les périodes, le stagiaire aborde le stage avec une expérience de l'ordre de deux cents heures de vol sur la machine. Depuis que je suis instructeur dans cette noble discipline, je fais toujours précéder le vol par un briefing complet. Un petite blague – vaseuse – en guise d'introduction et pour briser la glace, puis je rappelle toute la théorie avant d'aborder le vol en lui-même. Les nécessités tactiques d'abord. Contrairement au vol de plaine, rien ne sert de se coller au fond de la vallée lors d'un vol de montagne. La règle qui consiste à voler sous les sommets à un tiers de leur hauteur est bien suffisante. A cette hauteur, l'avion est de toute façon masqué de tout observateur situé de l'autre côté de la crête. La météorologie vient ensuite, en commençant par l'aérologie. Mes années de vol à voile, et en particulier mes stages au centre national de Saint-Auban, me permettent d'y apporter un peu de couleurs. Tout y passe : effets orographiques ou comment savoir quelles pentes portent et quelles pentes « dégeulent », rappel sur les ondes de ressaut, phénomènes thermiques, pentes au soleil, couleurs contrastées, sols de différentes natures. J'évoque ensuite les phéno-mènes moins favorables, liés aux vallées « chapeautées » d'une couche stratiforme, ce qui me permet d'aborder le sujet du demi-tour en vallée pour cause météo, les cumulo-nimbus, etc. Puis j'explique à mon auditoire comment je col-lecte mes informations météo et comment je les exploite.

Je passe ensuite à l'environnement : « Nous n'allons pas être seuls lors de ce vol de montagne. Il y a déjà les gens qui, comme nous, y vont pour travailler. Les hélicoptères de travail aérien, qui servent de bétonnière ou de poseur de câbles, et qui ont souvent autre chose à faire que de surveil-ler le ciel. Nos amis chasseurs, avec leurs avions pointus et rapides. Les hélicoptères de l'armée de Terre et de la Sécurité civile. Mais il y aussi et bien sûr l'aviation de loi-sir… » Et comme il s'agit de mon loisir favori, je me permets d'y ajouter une touche personnelle ! Je mentionne le vol à voile, le delta plane, le parapente, et aussi les avions qui uti-lisent les altisurfaces. Au passage, je leur montre où se trou-vent les principaux sites de loisirs aériens. Je n'omets pas de mentionner, dans ce chapitre, le risque aviaire. Les volatiles de nos montagnes ont la désagréable caractéristique de peser lourd. Et en cas de collision avec un vautour, je suis sûr que le Transall n'en sortirait pas intact ! Toujours dans la catégorie dangers, j'évoque les câbles qui peuvent devenir un piège mortel en montagne. Je clôture ce chapitre en rap-pelant l'utilisation de la fréquence montagne 130,00.

Il s'agit maintenant d'aborder l'aspect performances. Malgré ce qu'on peut penser de prime abord, un avion de transport ne se promène pas en montagne « les doigts dans le nez ». Il faut tout planifier au sol, soigneusement, pour être sûr que ça passe : les passages de cols, les franchisse-ments de crêtes, les stratégies en cas de perte d'un moteur. Il faut aussi penser qu'au largage, du fait de l'altitude, la vitesse propre aura augmenté. Les 130 nœuds peuvent allègrement monter à 140, et il vaut mieux le prévoir sous peine de déposer les derniers parachutistes après la fin de zone… et en montagne, après la fin de zone, il peut y avoir un ravin !

Nous revoyons ensuite la méthode que nous allons utiliser lors de ce vol : choix des vitesses – plus faibles qu'en plaine –, rappel du principe de mise en montée à la distance calculée pour franchir les cols. Quand nous en avons fini avec les généralités, nous abordons les détails du vol d'aujourd'hui. Nous revoyons le trajet, consultons la météo du jour ainsi que les NOTAMs. Nous terminons le briefing avec un dernier bilan sécurité. Nous sommes quasiment prêts à partir.

Je monte à l'étage en salle d'opérations pour signer le cahier d'ordres, un coup d'œil au programme de demain qui est toujours en gestation furieuse sur le tableau blanc. Heureusement, il s'efface. Je rejoins mes stagiaires et nous nous dirigeons ensemble vers « la piste ». C'est ainsi que nous appelons le bureau qui sert d'interface entre les gens qui réparent les avions et ceux qui les font voler. Je passe donc dire un petit bonjour à nos mécaniciens sol. Beaucoup de pilotes ne le font pas, puisque c'est le mécanicien navigant – qui fait partie de l'équipage et va donc réaliser le vol avec nous – qui est chargé de prendre les papiers. Mais j'ai du mal à oublier que, moi aussi, j'ai réparé des avions, et que je ne supportais pas le comportement de certains « seigneurs » manquant de noblesse du cœur. Je passe donc cinq minutes avec eux, à parler des dernières nouvelles – pas bonnes –, de l'état de nos avions – pas bon – avant de finir comme toujours par quelques blagues – bonnes ! –, avant de retrouver le mécanicien navigant à l'avion. Il a bien sûr préparé l'appareil, le GTG* tourne. Tout est prêt ! Un coup d'œil général, je signe la forme 11, c'est-à-dire le livret technique de l'avion, et je m'installe avec mon premier stagiaire pendant que le second fait le tour avion. Après celle du mécano sol et celle du mécano nav, c'est donc la troisième vérification – comment cela peut-il marcher sur les avions vérifiés par un seul pilote ?

Mise en route, roulage, décollage en piste 12 de Francazal. Nous sortons par Venerque (sierra écho alpha), puis Villefranche-de-Lauragais (sierra écho). Nous quittons la zone de Francazal vers Villeneuve-Minervois. Je fais un message d'auto-information sur la fréquence UHF militaire, tout en veillant en VHF1 Castelnaudary, et en VHF2 le terrain de la Montagne noire. Nous passons au large, et qui plus est à 300 pieds sol, mais on n'est jamais trop prudent. Sur cette branche, nous longeons le flanc sud de la Montagne noire, en veillant sur la ligne à haute tension parallèle à notre route. Après Villeneuve-Minervois, il faut obliquer à gauche vers la crête, puis vers la vallée qui relie Mazamet à Bédarieux. Nous en profitons pour travailler un premier exercice : le franchissement de crête. Nous l'abordons donc avec de l'angle – jamais perpendiculairement – et en veillant au sens du vent, pour savoir si nous abordons la crête dans une zone ascendante ou descendante. Nous descendons ensuite dans la vallée : elle n'est pas bien impressionnante, mais c'est un bon début. Nous en profitons pour étudier le demi-tour dans une vallée. But de l'exercice : apprendre à se sortir d'une situation délicate, et être capable de repartir d'où on vient si on constate que la vallée est sans issue, pour cause de mauvais temps ou à la suite d'une erreur de navigation. L'une des notions les plus difficiles à acquérir est de savoir juger si l'espace dont on dispose est suffisant pour y loger un virage de 180°. Nous avons rappelé au briefing qu'à la vitesse de 180 nœuds, un virage à 30°

d'inclinaison a un rayon d'environ 1 400 mètres, alors qu'en réduisant la vitesse à 120 nœuds et en inclinant à 45°, le rayon mesure moins de 400 mètres.

Ce genre d'exercice peut parfois mettre les nerfs de l'instructeur – et de tout ceux qui ne sont pas aux commandes – à rude épreuve. En effet, sur ce type d'avions de transport, la visibilité depuis le poste de pilotage est assez réduite, et dès que l'inclinaison dépasse 45° et que l'on est assis à l'extérieur du virage, il faut se tordre le cou pour savoir dans quel montagne on va finir !

Nous voilà donc partis pour un premier demi-tour sans réduction de vitesse. Nous veillons bien à débuter ce virage face au vent, pour en réduire encore le rayon. Après les premiers 90°, lorsqu'on est face à l'autre bord de la vallée, l'impression est saisissante ! Je force mon stagiaire à ne pas monter : dans une vallée plus escarpée, ça ne sera de toute façon pas la solution.

Ce premier demi-tour achevé, nous en effectuons un deuxième, en sortant cette fois-ci les volets à 20° pour réduire la vitesse à 130 nœuds environ. C'est évidement beaucoup plus confortable ! La morale de l'histoire est facile à retenir : ne jamais s'enfoncer dans une vallée dont l'étroitesse ne permet pas de faire demi-tour, et en cas de dégradation météo, réduire la vitesse pour préparer le demi-tour. Il convient aussi de veiller à ne pas monter de façon inconsidérée pour refuser le sol et risquer ainsi un décrochage.

Nous reprenons notre route dans la vallée vers le sud de Bédarieux. Nous y débutons un virage à plus de 90° à droite pour viser le bord ouest de Narbonne et traverser la vallée de l'Aude. Le réseau très basse altitude n'est pas actif aujourd'hui, ce qui nous soulage pas mal. Nous apercevons au passage quelques sites magnifiques, comme l'abbaye de Fontfroide et plusieurs châteaux cathares. Nous jetons un coup d'œil en longeant la montagne de Tauch, des parapentes y évoluant parfois. En arrivant travers Tautavel, nous obliquons à nouveau à droite pour prendre un cap plein Ouest vers Axat, tout en restant dans la vallée. Au passage, nous admirons le château de Queribus.

Mais ne nous laissons pas trop divertir par la beauté des lieux… Il est déjà temps de préparer notre largage fictif. Nous avons en effet prévu de simuler un largage de personnel sur une zone virtuelle située sur le plateau de Sault. Je joue mon rôle de PNF* de mon mieux… La valeur de l'exemple ! Je guide donc mon stagiaire vers la zone, fais réduire la vitesse, lui rappelle son altitude de largage et l'ajustement de la radio sonde, contacte la zone – pour de faux – afin de connaître le vent au sol et calculer les déports – il vaut mieux que les paras tombent sur la zone –, lui précise quand il est temps de sortir les volets, demande l'ouverture des portes, fais lire les check-lists, garde une oreille sur la fréquence de Puivert, de l'auto-information militaire, de la fréquence montagne, aidé en tout ça par le navigateur. Ouf ! Nous identifions la zone. « Encore un peu à droite, s'il te plaît, tu longes la petite route bordée d'arbres. Attention pour le signal, à dix secondes ! 5, 4, 3, 2, 1, vert ! » Il y a toujours quelqu'un pour trépigner et reproduire ainsi le bruit que font les paras en quittant l'avion – en passant par la portière… comme disait la chanson. A 130 nœuds, la fin de zone approche vite : « rouge ! »

« Tous les paras sont sortis, je fais remonter les SOA* ! » Il est bien ce mécanicien navigant, on s'y croirait ! « Les SOA sont remontées, prêt pour la fermeture des portes ! » Les portes – qui n'ont, bien sûr, jamais été vraiment ouvertes – se referment, nous pouvons maintenant accélérer et rentrer les volets. Nous avons à présent pour nous guider un but majestueux, le château de Montségur ! Il se dresse fièrement sur son Pog, visible de loin. Au passage, je fais un petit rappel sur la tragédie cathare. Un peu de culture ne va pas nous nuire, que diable !

Nous passons à la hauteur du château, assez près pour saluer les touristes. Nous avons maintenant le cap sur le sud de Foix, que nous laissons à notre droite pour enfiler la vallée de l'Ariège, cap au Sud. Nous ne gardons pas ce cap très longtemps. Peu après Tarascon-sur-Ariège, nous obliquons à droite en longeant le pic des Trois Seigneurs. J'en profite pour évoquer, de façon moins joyeuse, l'accident de notre Casa, et insister sur les dangers qu'il y a à partir en montagne la fleur au fusil. De là, nous visons le cap de Bouirex en suivant les vallées. Je montre au passage les altisurfaces utilisables par des avions légers.

Avant d'arriver au Bouirex, il faut passer le port de Saleix, ce qui nous permet de faire quelques rappels sur les passages de cols. Tout d'abord, il faut s'être assuré lors de la préparation que le col ne débouche pas sur une « cuvette » fermée de tous les côtés par des passages encore plus hauts que le col d'entrée, ce qui pourrait rendre une échappatoire bien délicate en cas de perte d'un moteur après le passage du col. En abordant ce col, il faut ensuite veiller à ne pas frôler les pentes, et s'assurer qu'il n'est pas emprunté par un autre avion en sens inverse.

Après le Bouirex, nous longeons la Bellongue avant de rejoindre la haute vallée de la Garonne pour un court instant, et d'obliquer à gauche dans la vallée qui mène à Bagnères-de-Luchon. C'est le moment de redoubler de vigilance tout en faisant un message radio de plus. La zone est en effet souvent farcie de planeurs, mais aussi d'avions légers. Après le contact radio, que nous ayons eu une réponse ou non, nous ouvrons grand les yeux et les oreilles pour prévenir tout risque d'abordage.

J'ouvre ici une parenthèse pour essayer de vous faire imaginer ce que représente la gestion des communications radio dans un moment comme celui-là. En UHF, l'auto-information militaire nous envoie tous les messages des avions en entraînement dans le secteur. Ce n'est pas toujours très dense, mais il faut analyser chaque message pour être bien sur que l'avion qui émet n'est pas conflictuel pour nous. Sur la VHF1, la fréquence d'auto-information utilisée par l'aviation générale (123,5) nous informe des activités sur les terrains environnants. C'est un patchwork de tout ce qui se passe à cent kilomètres à la ronde – la portée visuelle, pour être exact. Si on y ajoute les messages « hors cadre », ça peut vite devenir un beau bazar. Sur la VHF2, la fréquence montagne est beaucoup plus discrète, utilisée par des gens qui connaissent la montagne – la plupart du temps. Mais parfois, lorsque le sort s'en mêle, il arrive que les trois se mettent à parler en même temps ; c'est alors une cacophonie que même la répartition des écoutes ne peut résoudre parfaitement. Bon, c'est vrai que ça n'a pas la densité des échanges lors d'une arrivée sur Paris un vendredi soir, mais en y ajoutant les communications internes, surtout en instruction, ça peut devenir intéressant…

Nous frôlons Luchon pour mettre le cap sur le col de Peyresourde. Tout en rappelant la présence de nombreuses altisurfaces dans les environs, je laisse le stagiaire descendre un peu pour préparer mon prochain mauvais coup : la perte d'un moteur. Au sol, nous avons préalablement vérifié l'altitude de rétablissement, et étudié les pentes de montée en monomoteur. Au briefing, nous avons également rappelé les règles du jeu : nous avons embarqué plus de carburant qu'il ne nous en faut pour alourdir l'avion, et il est interdit d'utiliser la puissance maximale. Nous fixons même mille tours en dessous du maximum continu dans le cadre de l'entraînement. Cette combinaison est équivalente à un avion lourdement chargé ayant perdu un moteur. Bien sûr, si la sécurité est engagée, toutes ces considérations n'ont plus cours.

Nous voici face au col. Je réduis un des leviers de puissance vers ralenti vol. Personne ne dit rien… Nous attendons la réaction du stagiaire. « Je fais demi-tour et ressors de la vallée vers Luchon puis Saint-Gaudens ! » Sage décision. Ca passe parfois en continuant vers le col, mais là, c'est un peu juste. Il faut préciser que le Transall rénové étant équipé d'une visualisation tête haute – VTH ou HUD, pour *head up display* –, nous avons là un outil merveilleux pour travailler en montagne. Il suffit de placer le vecteur trajectoire au-dessus du col, surveiller les chevrons d'énergie et gérer la puissance en conséquence pour savoir si nous disposons de l'énergie nécessaire et suffisante pour franchir le col.

Après le demi-tour, je réajuste la puissance et nous franchissons le col en contactant au passage l'altiport de Peyresourde – où a été tourné le James Bond « *Demain ne meurt jamais* ». Nous remontons la vallée de la Neste vers Lannemezan, puis nous nous dirigeons vers le point d'entrée de Tarbes, notre destination. Considération à la fois culturelle et de sécurité, je montre le terrain de Laloubère en passant.

Nous voilà en finale pour la piste 20, où nous effectuons un atterrissage tactique volet 40° et aérofreins 40 %. Au parking, mon stagiaire se détache pour laisser la place à son camarade. Quand celui-ci est en place, je me détache pour aller satisfaire un besoin naturel. Et puis nous redécollons pour effectuer le même trajet en sens inverse. Arrivés au parking à Francazal, je vais saluer à nouveau les mécaniciens. L'avion est bon, pas de pannes : la remise en œuvre en sera simplifiée. Je vais en suite remplir le cahier d'ordre : trois heures trente de vol et deux atterrissages, RAS ! Je rejoins enfin mes stagiaires pour le débriefing. « Alors, facile, n'est-ce pas, le vol de montagne ! » Des haussements de sourcils répondent à ma remarque. Ils en ont plein les yeux, plein la tête, plein les bras ! Et moi, je sais que je dormirai bien ce soir. Il n'y a rien de mieux que trois heures et demie à ce rythme pour trouver le sommeil ! Non, ce n'est pas difficile, le vol de montagne. Quel que soit le type d'appareil utilisé, c'est simplement une discipline rigoureuse qui souffre très mal les approximations !

La meilleure façon de voler

EN PANNE À SAINT-PIERRE

Il arrive qu'il fasse froid, à Toulouse, au mois de février. C'est pour cette raison qu'un départ sur alerte prend souvent un petit air de vacances, ou au moins de réoxygénation. Ce jour-là, je suis « d'A6 », c'est-à-dire d'alerte à six heures. En arrivant au bureau des opérations, je perçois l'agitation des grands jours. C'est curieux… S'il y a quelque chose sur le feu, j'aurais dû, en tant que commandant de bord de l'équipage d'alerte, être prévenu. Une rapide conversation avec le chef pilote me met au courant de la situation. Oui, un départ d'alerte est bien prévu. Il s'agit d'aller dépanner le chef – le colonel G., commandant du CIET – à Saint-Pierre-et-Miquelon… Mince ! Pour les vacances au soleil, c'est raté. Non, je n'ai pas été prévenu, parce qu'en fait… « Voilà, il faut qu'on t'explique. On était en train de recomposer l'équipage. Tu comprends, toi, tu as assez d'heures de vol et d'expérience. On voulait faire voler des jeunes directs. Ils ont besoin de missions comme celle-là. »

Ici, une explication s'impose : un « direct » est un gars qui est entré dans l'armée de l'Air par la grande porte, c'est-à-dire l'école de Salon-de-Provence. Sa carrière est toute tracée : il finira aux plus hautes fonctions – enfin… la plupart du temps. Sa progression aéronautique est donc huilée pour que les choses aillent vite. Ces jeunes gens arrivent parfois au CIET pour y devenir instructeurs avec une expérience de commandant de bord proche de zéro. Ca ne leur facilite pas la tâche ; il faut donc les faire « vieillir ». Nous autres, officiers sous contrat, sommes une sorte de constante qui assure l'ossature basique de l'unité, qualifiés à la plupart des techniques nécessaires et sans perspective de mutation prochaine. Bref, sans avenir, comme diraient certains. Pour simplifier, que je vole ou non sur cette mission, ça ne change rien pour ma petite personne !

Oui mais voilà, il se trouve que, moi aussi, j'aime bien voler. Et de plus, jouer le rôle du vieux à 38 ans, ça fait toujours un peu bizarre. Mais en attendant, je ris sous cape : les jeunes brillants futurs généraux n'ont pas l'air chauds – c'est le cas de le dire – pour aller se geler les miches sur l'Atlantique Nord ! Et puis, nous sommes vendredi – comme d'habitude, ce genre de truc tombe toujours un vendredi, ça s'appelle même le « saucisson du vendredi » – et donc la mission garantit que le week-end ne se passera pas comme prévu. Donc, nos jeunes amis, l'air un peu gêné, invoquent, qui une livraison de menhir, qui une séance de piscine à ne pas manquer, et me cèdent la place avec un empressement qu'ils n'auraient certainement pas eu s'il s'était agi d'un départ vers Les Antilles un lundi matin. La « désertion des directs » se confirme avec la constitution du reste de l'équipage. Le pilote suivant sur la liste est Thierry R., aujourd'hui pilote à Air France – il a réussi, lui ! – et Jérôme F., parti depuis sur A310. Nous sommes donc trois « anciens sans avenir » à regarder tout ça avec un sourire aux lèvres…

Au fait, qu'allons-nous faire dans ce coin du monde si hostile à cette période de l'année ? Et bien, il se trouve qu'une compagnie de gendarmes mobiles est basée à Saint-Pierre-et-Miquelon. Leur présence a été justifiée dans le passé par diverses manifestations de pêcheurs, parfois un peu musclées. Il faut donc relever ces braves gens tous les deux mois, et ça se fait en Transall ou en Hercules, c'est logique – oui, je sais, il y a une ligne régulière civile qui relie Saint-Pierre à Terre Neuve et au Canada. Notre chef bien-aimé, le colonel G., est donc parti il y a quelques jours vers cette contrée fleurie – enfin… pas trop en ce moment –, accompagné de deux stagiaires pilotes, qui profitent du voyage pour passer une qualification… Les pauvres !

Oui, mais voilà : le Transall n'aime pas le froid ! Il a, comme nous, une certaine habitude de l'Afrique, et préfère le sable chaud à la neige glacée ! Pour bien commencer le voyage, l'équipage est tombé en panne à Keflavik – première étape, il faut quand même le faire – pour une histoire de fuite hydraulique. Un problème d'olive, d'après ce qu'on m'a dit… Mais sous ces latitudes, ça m'étonnerait ! Après avoir été dépanné une première fois, il a quand même réussi à rejoindre Saint-Pierre. Mais au moment de quitter l'île, nouveau problème : un des moteurs a obstinément refusé d'afficher le bon nombre de tours. A priori un problème du côté du régulateur hélice.

Nous allons donc voler à leur secours au plus vite – c'est toujours pressé, un chef. Une partie de mon équipage restera sur place en attendant la fin du dépannage, alors que le reste repartira avec notre avion, le colonel et toute sa clique. Il s'agit donc d'une « mise en place » comme on dit chez nous, et vu le côté exotique de la panne, il se pourrait bien que ça dure. Je comprends soudain le manque d'empressement de mes petits camarades… Du côté de la mécanique – les bons du BIET –, c'est l'effervescence. Ils n'ont pas si souvent l'occasion de voyager, alors un dépannage, où qu'il soit, c'est l'aventure ! Les préparatifs vont bon train et l'émulation générale est de rigueur. Bonne ambiance garantie !

La mission est vite préparée, quantités de carburant et logs de navigations sont mis en dossiers, les autorisations de survol ne posent pas de problèmes dans ces régions du monde. Une attention particulière est néanmoins apportée aux choix des lots de survie. Il s'agit de bien vérifier qu'il y a des « effets temps froid » pour tout le monde. Certes, leur efficacité tout comme l'espérance de vie en cas de pépins dans ces régions ne sont pas fantastiques. Mais quand même. Lisez le merveilleux livre de Ernest Kellogg Gann, « *Island in the Sky* », pour comprendre de quoi il s'agit.

Il est temps de rentrer à la maison pour annoncer la bonne – mauvaise – nouvelle à la famille : débrouillez-vous sans moi pour la semaine à venir ! Oui les enfants, je vous rapporterai une bricole. Le lendemain, je me réveille bien avant l'aube pour aller sur la base. Déjà, à Toulouse, il ne fait pas très chaud. Alors là-bas, qu'est-ce que ça va être ?

Nous décollons dans un premier temps vers Orléans pour y récupérer les lots temps froid et des pièces pour la mécanique. Nous repartons ensuite vers Keflavik. Le vol se passe sans problèmes particuliers, avec la traditionnelle remontée des îles britanniques invisibles pour cause de couverture nuageuse, puis le petit bout de traversée pour atteindre l'Islande. Nous nous posons à Keflavik où, pour une fois, le vent ne souffle pas en tempête. Il m'est arrivé d'avoir de drôles de surprises sur ce terrain. Un jour, le vent soufflait fort, très fort. Au moment d'ouvrir la porte équipage – celle-ci est articulée horizontalement avec une charnière dans sa partie basse ; elle bascule vers le bas et sert ensuite d'escalier –, je la déverrouille et constate avec surprise qu'elle ne descend pas. Je la pousse, elle revient vers moi et se referme ! En forçant un peu, je parviens à l'ouvrir et c'est une véritable bourrasque qui s'introduit alors dans l'avion. En marchant vers le bureau des opérations, il faut « afficher la dérive » sous peine de finir en roulé boulé sur le parking. Mais aujourd'hui, nous ne nous attardons pas… Le chef attend ! Nous redécollons dès que les pleins sont faits. Après un total de douze heures de vol pour cette journée de samedi, nous touchons enfin Saint-Pierre.

Nous sommes en février 2002. A cette époque, la nouvelle piste de 1 800 mètres a déjà été mise en service, et c'est tant mieux. J'ai quelques souvenirs émus de percées aux minima sur l'ancienne piste de 1 000 mètres. Non seulement la météo là-bas change très vite – le terrain peut être ensoleillé quand on débute la descente, et dans le brouillard quand on arrive à la hauteur de décision –, mais en plus, la perspective au moment de toucher les roues est impressionnante : on découvre, collée contre le bout de piste et barrant toute sa largeur, l'antenne du localizer* enfermée dans un abri peint en rouge et blanc. L'ensemble ressemble un peu à une sorte de barrière d'arrêt ! Aujourd'hui, il fait beau à Saint-Pierre. Certes, l'air est vif, et le sol couvert de neige, mais ça reste agréable. Problème : la météo annonce une dégradation.

L'équipage en panne nous accueille. Ils nous racontent leurs déboires. En aparté, nous apprenons les dernières facéties du colonel G. Pas de surprises de ce côté-là. Il ne changera pas, il me l'a dit lui-même !

Le transbordement commence entre les deux avions. Il faut que nous vidions notre avion du matériel de dépannage qu'il contient – chèvre, réducteur, caisses à outils – pour le laisser à l'équipage qui va rentrer en France. Il s'agit de bien garder sa valise près de soi, sous peine de devoir se constituer une garde robe locale ! La composition de l'équipage est revue et corrigée. Jérôme et moi restons comme pilotes, Michel – qui, depuis, s'est acheté un ULM et vole à Saint-Lieu – quitte le chef et reste avec nous. Vu son ancienneté et son grade – il est commandant à cette époque –, c'est lui qui sera commandant de bord à partir de maintenant. Pierrot et Freddy, les deux mécaniciens navigants, restent avec nous aussi. Nous allons ensuite prendre nos quartiers à l'hôtel Robert. Cet hôtel mériterait certainement un livre à lui tout seul, tant il est chargé d'histoire. Il est d'ailleurs devenu depuis le Musée de la prohibition. En effet, l'île de Saint-Pierre s'est trouvée être à une certaine époque un lieu stratégique de la contrebande d'alcool. Certains y voient même une piste dans l'explication de la disparition des aviateurs Nungesser et Coli, en 1927. On trouve dans cet hôtel une espèce d'inventaire à la Prévert, réunissant des objets récupérés dans des épaves et un tas de trucs liés à la prohibition. Sur un mur, une photo de Jean Rochefort, Jacques Perrin, Jacques Dufilho et Claude Rich. Ah oui, c'est vrai qu'une des scènes du « *Crabe tambour* » a été tournée dans cet hôtel.

Après un repas collégial, nous allons prendre un repos bien mérité. Le lendemain, après le petit déjeuner, nous nous rendons à l'aéroport. L'autre équipage a déjà décollé et les mécanos sont à pied d'œuvre. De toute évidence, ils ne vont pas avoir la tâche facile : dans la nuit, le vent s'est levé, et le moins qu'on puisse dire, c'est qu'il fait froid ! Nous troquons nos pauvres vêtements « made in Toulouse » contre les équipements contenus dans les lots. Le blouson polaire n'est pas très « mode » – vert dehors et orange dedans –, mais il tient chaud. Les moufles sont bien pratiques aussi.

En revanche, du côté de la mécanique, un vrai problème se pose : impossible de rentrer l'avion dans le hangar, celui-ci étant prévu pour un ATR42 ! Il n'est pas concevable de travailler sur le parking dans ces conditions, qui, de plus, doivent empirer d'un instant à l'autre. Michel négocie avec Air Saint Pierre la possibilité de rentrer l'avion partiellement, au moins pour l'abriter du vent. Ils nous donnent gentiment leur accord, se réservant toutefois la possibilité de nous déloger en cas de besoin. Pendant que Jérôme et moi faisons les andouilles dans la neige, l'avion rejoint donc sa place, à moitié abrité. Les mécanos ont quant à eux réussi à se faire prêter un générateur d'air chaud. Ils instaurent alors une sorte de ronde infernale : pendant qu'un mécanicien travaille au démontage du réducteur, un autre se réchauffe près du générateur d'air. Lorsque le premier ne sent plus ses doigts, il appelle son camarade qui le relève, et ainsi de suite. Quand les deux compères n'en peuvent plus, ils vont se mettre au chaud et sont remplacés par une autre équipe.

J'avais déjà vu des dépannages difficiles, dans le sable, dans la boue, sous la pluie… Mais là, je crois qu'on atteint des sommets. Quand je pense que ces gens sont bien souvent dénigrés par de prétendus seigneurs qui se permettent de critiquer leur rythme de travail ou leur attitude, j'ai tendance à avoir honte de ma profession. Pourquoi tant de pilotes sont-ils si prétentieux ? Au fait, savez-vous comment on reconnaît un pilote dans une soirée ? Non ? Et bien, ne vous inquiétez pas, il viendra vous le dire !

Pendant que nos mécanos triment, nous, on ne peut pas faire grand-chose. On essaye bien de les encourager, mais en traînant dans leurs pattes, on ne les aide pas beaucoup. La vie culturelle à Saint-Pierre est ce qu'elle est, mais au bout de quelques jours, il n'y a plus grand-chose à faire. Heureusement, je transporte toujours beaucoup de livres avec moi. Ca aide à faire passer le temps ! Nous allons aussi rendre visite au spécialiste météo, pour discuter le coup et confirmer l'arrivée de la tempête de neige.

Elle passe dans la nuit de lundi à mardi. Le lendemain, un manteau blanc d'une belle épaisseur recouvre tout. En revanche, il fait un grand soleil, et il n'y a presque plus de vent. Le contraste avec les jours précédents donne presque une impression de chaleur. Au petit déjeuner, Michel lance une de ses idées géniales : « On va aller à l'aéroport à pied ! » Ouh là ! Je savais qu'il était fêlé genre extrémiste, mais là, il exagère. En plus, il propose de faire un détour par le sommet de l'île ! Ce n'est pas que ce soit vraiment loin – environ cinq ou six kilomètres avec le détour –, mais il y a quand même pas mal de neige, et il fait encore un froid de canard. Malgré tout, Jérôme est partant – c'est vrai qu'il est un peu fêlé lui aussi – et je me dis que c'est mieux que de rester enfermé, surtout avec ce beau soleil.

En sortant, nous sommes accueillis par un air vif, mais très agréable. Dans la rue, la neige monte au-dessus des chevilles, mais elle est poudreuse et ne ralentit pas trop la marche. Nous approchons d'une voiture garée sur le bord du trottoir. Elle a des allures d'igloo. Mais alors que nous arrivons à sa hauteur, surprise : le moteur de la voiture inoccupée se met en route ! Nous faisons tous les trois un bond de côté. Il est impossible que quelqu'un soit dedans, la couche de neige est intacte de tous côtés. En y regardant bien, nous découvrons un câble électrique qui se dirige vers la maison voisine. Nous en déduisons qu'il doit s'agir d'un système de démarrage à distance pour profiter d'une voiture préchauffée au moment où on s'installe à son volant. Astucieux !

Après quelques minutes de marche, nous laissons derrière nous les dernières maisons. Certaines ont des couleurs très voyantes qui contrastent harmonieusement avec le fond enneigé. Dans les chemins, la progression est plus difficile, mais ça reste agréable. Arrivés au sommet, nous dominons toute l'île, c'est magnifique ! On aperçoit même Miquelon au loin. On voit aussi l'aéroport, notre destination finale.

Après quelques heures de marche, nous arrivons enfin à l'aéroport. Nous commençons par saluer le spécialiste météo, histoire de parler de la pluie et du beau temps. Lorsqu'il voit nos mines avec nos oreilles rougies par le froid, il nous rappelle gentiment les risques dans ce pays : « Il fait encore moins quatre degrés, vous devriez faire attention. Les oreilles gèlent facilement par ces températures ! »

Mince alors ! C'est vrai qu'elles sont rouges d'indignation, nos oreilles. Mais de là à geler ! C'est du lard ou du cochon ? Nous quittons la météo un peu dubitatifs, pour retrouver nos copains mécanos. Nous les trouvons attablés au chaud autour d'un café. La joyeuse ambiance qui nous accueille d'habitude semble avoir disparu aujourd'hui. Et pour cause, la surprise est de taille : ils ont fini de démonter le réducteur, et il semble qu'il ne soit pas en cause. C'est la liaison entre le réducteur et le moteur, censée céder en cas d'efforts trop importants, qui, justement, a rendu son tablier lors du décollage de nos collègues.

Bilan décision, comme on dit chez nous. Nous sommes toujours en panne, et en plus, nous n'avons pas de quoi dépanner. Il faut donc téléphoner au centre opérationnel à Villacoublay pour leur demander d'envoyer un coursier rapide pour nous apporter la pièce manquante. Nous sommes déjà mardi, il ne faut pas trop traîner ! Michel va donc de ce pas annoncer la bonne nouvelle. Il en revient avec une autre, tout aussi intéressante : ils vont nous acheminer la pièce avec un Falcon qui fait une mission d'instruction. Je ne sais pas où ils avaient prévu d'aller à l'origine – sûrement au soleil –, mais je doute que ce changement de dernière minute ne les réjouisse…

La pièce arrive le lendemain. Au vu des délais annoncés par la mécanique, nous prévoyons de décoller le jeudi soir. En considérant les conditions dans lesquelles s'est faite la première réparation, Michel souhaite trouver un moyen de mettre l'avion sous hangar pour une vérification complète avant la traversée de l'Atlantique en direct. Sage décision ! De Saint-Pierre, nous faisons habituellement escale à Saint-

Johns – Saint-Jean de Terre-Neuve pour les francophones. On leur téléphone donc pour savoir s'ils peuvent nous réserver une petite place dans un hangar pour jeudi soir.

Jeudi, en fin d'après-midi, l'avion est enfin prêt. Nous décollons vers Saint-Johns. Ce vol nous permet de vérifier que la réparation a permis à l'avion de retrouver un fonctionnement nominal. Après l'atterrissage, nous suivons les consignes pour aller nous garer devant le hangar qui doit nous abriter pour les dernières vérifications. Reste à rentrer la bête là-dedans. Le parking est glissant, en légère pente, et il faut rentrer l'avion en marche arrière. C'est Reynald qui s'installe au volant du Tracma prêté par l'assistance. Personne ne bronche, la manœuvre n'est pas facile. Pourtant, dix minutes plus tard, le monstre est à l'abri, faisant un peu d'ombre à un Cessna 172 sur flotteurs qui sommeille à ses côtés.

Personne ne tarde à rejoindre l'hôtel, surtout pas les mécanos. Depuis le début de la semaine, ils ont accumulé les engelures et les problèmes techniques. Ce soir, c'est leur soir, ils vont pouvoir s'éclater ! Il faut dire que, de ce côté-là, Saint-Pierre ne supporte pas la comparaison avec Saint-Johns. Rien que l'accueil de Shell AERO service, qui assure notre assistance sur place (pleins, véhicules, etc.), vaut le détour. La charmante jeune femme derrière le comptoir a un sourire enchanteur qui donne envie de revenir ! C'est elle qui nous avait donné les bonnes adresses de l'île lors d'une précédente visite. Et en fait de bonnes adresses, à Saint-Johns, il y a de quoi faire ! Il y a même une rue, Duckworth Street je crois, dans laquelle ne se trouvent que des bars et des restaurants.

C'est dans l'un d'eux que nous nous retrouvons tous, mécanos et équipage, le soir même. L'ambiance est au beau fixe. Comme toujours dans ces moments-là, on s'amuse de tout. Les récits de la semaine, la commande au serveur – avec toujours un bon nombre de « the same » – et surtout, les résultats de cette commande, pas toujours à la hauteur des espérances du client ! Pour ceux qui n'ont plus de fonctions à assumer à partir de cet instant, la nuit sera courte. Pour l'équipage, c'est une autre histoire. Demain, en fin d'après-midi, nous décollons pour traverser l'Atlantique Nord. Et si l'aventure n'est plus la même que du temps de Lindbergh, l'entreprise reste intéressante… surtout en hiver avec un bimoteur à hélice !

Le lendemain, nous nous levons tard, allons faire quelques emplettes en ville, et nous dirigeons finalement vers l'aéroport. Nous commençons la préparation de notre vol en portant une attention toute particulière aux conditions météo. Et il y a de la lecture ! Ils annoncent ce que j'appellerai volontiers une tempête de neige, mais qui, selon le spécialiste, n'est qu'un « épisode neigeux ». Il faut dire que sous ces latitudes, même le beau temps n'est pas facile à supporter pour quelqu'un qui vient de Toulouse.

Les préparatifs terminés, nous allons à l'avion et retrouvons les mécaniciens navigants, qui ont commencé à faire chauffer la bête. Le soleil commence à décliner. Le ciel est uniformément gris, mais je ne crois pas qu'une tempête puisse se déclarer avant notre départ. Pourtant, des flocons se mettent à tomber, indécis d'abord, puis de manière beaucoup plus déterminée. Moins de quinze minutes plus tard, ça tombe comme à Gravelotte ! Sur le parking, on bat des pieds dans cinq bons centimètres de neige. Et instantanément, une espèce de folie furieuse s'empare de l'aéroport. Les chasse-neige entament leur ronde !

Je les avais bien vus, tous ces engins sagement garés dans un coin de l'aéroport. Comme à Keflavik, leur nombre est impressionnant. Il y en a des dizaines ! On se demande à quoi tout ça peut servir. Je ne me le demande plus maintenant que la neige dépasse dix centimètres autour de notre avion. Partout, sur les pistes, les taxiways, les parkings, c'est la sarabande. Lancés à pleine vitesse, les engins balayent la neige au fur et à mesure qu'elle tombe. Nous observons cela depuis le poste de pilotage de notre Transall, et nous sommes subjugués. Tiens, en voici un qui attaque notre parking. Toujours à vive allure, il se dirige vers nous. Il se dirige même franchement vers nous, il ne va quand même pas… Le chasse-neige passe en trombe à trois mètres du nez de l'avion ! Je regarde Jérôme qui, comme moi, a les yeux grands ouverts et la mâchoire inférieure pendante... Ils sont malades ! Il va falloir rouler et décoller au milieu de ce capharnaüm, sans parler du vent qui s'est mis de la partie, et souffle à présent plein travers à plus de quinze nœuds.

Nous sommes prêts à présent. Les mécanos sol nous ont rejoints, et eux non plus n'en croient pas leurs yeux. Nous roulons vers l'aire de dégivrage. Nous y coupons à nouveau les moteurs pour nous laisser asperger du liquide salvateur – et très polluant. Les passages de la lance qui projette ce liquide provoquent un vacarme assourdissant, mais nous l'accueillons avec plaisir. Cette douche va laisser une pellicule qui nous protègera du givrage pendant la phase de décollage. Et vu les conditions du jour, il nous faudra bien ça pour assister le système d'antigivrage de l'avion.

L'opération terminée, nous nous remettons en route pour nous diriger vers le point de manœuvre et attendre notre tour. Car nous ne sommes pas les seuls fadas à vouloir voler par un temps pareil ! Avions, chasse-neige, véhicules de piste… La ronde continue, égayant de ses phares la nuit glaciale. Nous sommes alignés pour le décollage. Le vent souffle fort et de travers, la visibilité ne doit pas dépasser quatre cent mètres. Impossible de revenir se poser ici en cas de

panne au décollage. La piste glisse quand même pas mal.
N'en jetez plus... On a largement de quoi se casser la figure !

Je mets la puissance. Il faut se battre avec les palonniers
pour garder l'avion dans l'axe. Les flocons balayés par le
vent dansent dans le faisceau des phares, créant des illusions désagréables. On n'y voit vraiment pas grand-chose.
Ca y est, nous sommes en l'air. On est secoués comme des
pruniers. Malgré le liquide de dégivrage, l'avion commence
à charger en glace. Les pare-brise, pourtant réchauffés, en
présentent quelques traces. J'ose à peine imaginer les par-
ties de l'avion qui ne sont pas réchauffées ! Nous montons
avec peine, comme toujours dès que l'avion est un peu
lourd. Enfin, vers dix mille pieds, ça se calme. Les turbulences ont diminué, et il ne neige plus. En revanche, il y a
toujours de la glace sur la cellule, et elle ne va pas fondre
comme ça ! Nous atteignons notre niveau de croisière, le
190. Nous sommes encore dans la couche, bien sûr, et de ce
fait, nous ne voyons pas le train des avions de ligne qui
baladent les touristes et les hommes d'affaires, bien loin au-
dessus de nous. Ca doit être cool de voler là-haut, au-dessus de toute cette poisse !

Notre seul avantage par rapport à eux, c'est qu'au moins,
on ne se bouscule pas. Nous sommes les seuls sur la fréquence à nous promener dans les « basses » couches. Du
coup, on a moins de contraintes réglementaires. Jérôme et
moi nous installons maintenant dans la routine du vol en
croisière. Il n'y a plus qu'à attendre que le soleil se lève. A
ce cap, on ne devrait pas le rater. Pour passer le temps, nous
entamons un petit récital. Il faut dire qu'il est doué, le
Jérôme ! Sachant qu'il joue de la trompette aux fêtes de
Biarritz, il a des références. Moi aussi, j'aime chanter. Tout y
passe : chansons paillardes, vieux classiques – parfois très
vieux –, tubes plus récents. Nos mécanos adorés nous orga-

nisent également un goûter frugal – avec du confit, quand même, faut pas déconner. Un peu plus tard dans la nuit, une lueur étrange apparaît à l'horizon. Je m'interroge, nous en discutons avec Jérôme. Nous appelons Michel. Ce truc est vraiment bizarre. Ce n'est pas le soleil, c'est encore trop tôt. C'est quoi alors, la lune ? Non, c'est bien trop gros ! Mais si, il s'agit bien de la lune. La célèbre illusion lunaire, associée à une inter couche nuageuse, l'a fait apparaître bien plus grosse qu'elle ne l'est en réalité. Enfin, voilà qui nous aura occupés pendant un moment.

C'est pas tout ça, il va falloir commencer à penser à l'arrivée. Heureusement, il fait meilleur à Toulouse qu'à Saint-Johns. Et presque huit heures après notre décollage, nous touchons le sol français. Mission terminée ! Voilà comment un vol dont personne ne voulait s'est transformé en une aventure inoubliable. Tout ça grâce à la chaleur humaine, qui parviendra toujours à faire fondre la plus tenace des neiges !

LEXIQUE

CRIS *(page 29)* : Commandes / Réglages / Instruments / Sécurité

Fatac *(page 35)* : Force aérienne tactique

CVA *(page 41)* : Centre de vol à voile de l'armée de l'Air

COTAM *(page 83)* : Commandement du transport aérien militaire

PMC *(page 86)* : puissance maximum continue

CIET *(page 86 et 121)* : Centre d'instruction des équipages de transport, basé à Toulouse Francazal

HF *(page 86)* : haute fréquence

SITA *(page 88)* : Société internationale de télécommunication aéronautique

AOG *(page 88)* : *aircraft on ground*

ORSA *(page 101)* : officier de réserve en situation d'activité, terme désignant les anciens sous officiers navigants

CGT *(page 106 et 123)* : Commandant du groupement de transport

IMC *(page 107)* : *instrumental meteorological conditions*

COS *(page 111)* : Commandement des opérations spéciales

GAM *(page 119)* : Groupement aérien mixte. Ce groupement assure le soutien aérien du service opération de la DGSE.

VIB *(page 125)* : véhicule d'intervention blindé

clearer *(page 135)* : effacer

log *(page 134)* : formulaire sur lequel sont inscrites les prévisions de consommation carburant et horaires de passage, ainsi que les résultats effectifs, permettant d'assister la gestion du vol

TOD *(page 135* : point de début de descente

RWR *(page 145)* : *radar warning receiver*

CEAM *(page 145)* : Centre d'expérimentations aériennes militaires

PGE *(page 146)* : Polygone de guerre électronique

SAM *(page 146)* : *surface to air missile*

SATCP *(page 146)* : missile sol-air très courte portée

GTG *(page 162* : groupe turbo générateur (APU en langage civil)

PNF *(page 165)* : pilote non en fonction, ou *pilot non flying*

SOA *(page 165)* : sangles d'ouverture automatique. Elles relient le système d'ouverture du parachute à l'avion. Ainsi, pour les sauts à basse hauteur, le para n'a qu'à se jeter dehors, la sangle se tend et ouvre son parachute automatiquement.

Localizer *(page 175)* : partie horizontale du système de guidage à l'atterrissage

Volez ! Editions

38, rue Thiers - BP 12
94731 Nogent-sur-Marne cedex
Tél. : 01 49 74 69 69 - Fax : 01 49 74 00 69
Courriel : volez@volez.com - Site : www.volez.com

Cet ouvrage a été imprimé par :
Imprimerie Zimmermann
Bâtiment Indumar
Avenue du Docteur Lefebvre - BP 45
06271 Villeneuve-Loubet cedex

Dépôt légal : septembre 2011
ISBN : 978-2-917396-15-5
EAN : 9782917396155

Illustration de couverture : Olivier Stolz
Illustrations des pages 94 et 95 : DR
Relecture et mise en page : Anne-Claire Gras

Du même éditeur

Volez ! L'Aéropratique
Le premier magazine pratique des loisirs aériens
Chaque mois chez les marchands de journaux ou par abonnement
au 01 49 74 69 69 ou sur www.volez.com

Des Mirage et des hommes (tome 2) : Du Mirage F1 au Super Mirage 4000
par André Bréand

Vol de nuit, par Michel Moerenhout

Des Mirage et des hommes (tome 1) : Du Mystère-Delta au Mirage III F 3
par André Bréand

Paroles en l'air, l'abécédaire [im]pertinent de l'aviation, par Hervé Gouinguenet

Frères du désert, par Alexandre et Nicolas Landrieux

La compil : 35 prises en main pour vous aider à choisir votre ULM, collectif

Vol montage, par Jean-Pierre Ebrard

De mécano à pilote de jet, par Nicolas Ader

L'aérodynamique de l'avion expliquée aux oiseaux, par Jean-Paul Vaunois

P'ailes-m'ailes, par Denis Rolando-Eugio

Piper Cub, l'avion passion de 1926 à 1994, par André Bréand

Ça n'arrive pas qu'aux autres (tome 1), par Denis Rolando-Eugio

Ça n'arrive pas qu'aux autres (tome 2), par Denis Rolando-Eugio

Parce qu'un pilote averti en vaut deux…, par François Besse

Petit Précis de navigation à l'usage des pilotes ULM, par Bernard Wuthrich

Construire son ULM, par Thierry Couderc

La performance humaine en aviation et ses limites, par le Dr Philippe Ciboulet

La ferme aux airelles, par Bernard Chauvreau

Coureur de nuages, par Auguste Jausseran

Manuel du Certificat d'aptitude à l'enseignement aéronautique (CAEA),
par Charles Pigaillem

Aéro-Encyclopédie (DVD), par Charles Pigaillem

La course en planeur, par Helmut Reichmann

Les fiches aéro-pratiques de Volez !, par David Chhuk Meng

Embruns d'étoiles (Prix du Livre Aéronautique 2004/2005), par Pierre Grand'Eury

À l'ébène de la nuit brillait une étoile, par Pierre Grand'Eury

Les ailes de la taïga, par Hervé Gouinguenet

Épuisés :

Le Droit aérien du pilote privé et de l'aéro-club, par Wilhem Damour
L'Aide visuelle à la navigation « Tour de Paris », par Laurent Simon
Guide France des fréquences, par Jean-Yves Lefèvre
La Danse de l'arc-en-ciel, par Hervé Gouinguenet
Le jardin de Sénaboumba, par Thierry Couderc
Les voyageurs de Terra Galanta, par Patricia Ferlin et Armand Lévy